島尾敏雄を読む

『死の棘』と『死の棘日記』を検証する

比嘉加津夫

ボーダーインク

目次

『死の棘』の夫婦

ふたりの戦後

『死の棘』は日本文学の中でもすぐれて水準の高い小説である。読みようによっては難解で息苦しい面もある。また、ユーモアがあって一九五〇年代を生きる家族のかたちが、あるいは一歩踏み外すと危機に落ち込む複層化した家族のすがたが、ありありとえがかれている。

島尾敏雄を少しおさらいすると、彼は一九一七年（大正六）横浜市で生れた。幼少のころ大病を患い、祖母が住んでいる父祖の地福島県相馬の小高町ですごすなど、当地との関わりを深く持つにいたる。

十二歳のとき一家は横浜から神戸に移住、そのころから文学に親しむようになったといわれている。十九歳に長崎高等商業高校に入学、在学中に同人誌『ＲＵＮＡ』、『峠』、『十四世紀』、『こをろ』などに参加、積極的に文学世界に親しんでいった。

戦況がすすみ、日米開戦がさけられない状況になった昭和十五年、九州帝国大学に入学するも昭和十八年には繰り上げ卒業となり、第一期魚雷艇学生として過酷な訓練を受けることになる。

昭和十九年二十七歳のときに第十八震洋隊指揮官に任用され、奄美の加計呂麻島、呑之浦前線基地に配属される。そこで小学校の代用教員をしていた村の娘大平ミホと出会い、結婚を約束するにいたったのであった。

島尾ミホは一九一九年（大正八）奄美大島の大和村旧家で大地主でもある長田家の長女として生れている。ところが母親を若くして失い、父親が再婚、弟などもできると継母との関係がうまくいかなくなり、幼少期に瀬戸内町加計呂麻島、押角の大平文一郎家の養子に出された。大平文一郎家はミホの父の姉が嫁いだ家。以後、ミホは文一郎夫婦を自分の実父母と強く意識するようになった。

彼女は、東京の日出高等女学校を卒業すると、しばらく植物病理研究室で菌の人工栽培にかんする手伝いをするが、病気を患い帰省、地元の押角尋常高等小学校で教員の欠員が生じたため同校で働くことになった。

語りつくされた感がないでもないが、島尾敏雄に戦後はどのように訪れたのか、という問いを設けて、その像を追ってみたい。

入り口をそこに置いて島尾文学の起点となるところから、あの大作『死の棘』にいたるまでを見ていきたい。もちろん、島尾敏雄だけではない。島尾ミホについても、彼女に戦後はどのように訪れたのか、ということを同様に見なければならない。

昭和十九年、島尾敏雄は第十八震洋隊（隊員数百八十三名）の指揮官として奄美本島の南端、加計呂麻島に渡ったのであった。しかし現地で、一戦もまじえることなく、突如敗戦を迎えた。もし、一戦をまじえていたら必ずや死線を越えていたであろうことは容易に想像できた。すでに状況が、そのように設定された戦線の矢面に立っていたからである。幸い、突如、敏雄はそこから解放された。

ミホの場合も同様であった。敏雄が死線を越えれば、あとを追ってもう一人の人が無残な恰好で、死線を越えていたであろうことは、容易に想像できる。彼女の島尾隊長への愛は全身全霊を包み込んでいて、すでに狂気の中にあったからである。通常の理性は、すでに彼女から消えていたと言ってもよかった。

そういう流れになれば、ふたりの愛物語はたとえば「いちゅんな加那」のように奄美の島唄となって後世にのこり、歌い継がれていっただけであったかもしれない。この種の、物語化した島唄が奄美には実に多いのである。

『死の棘』という小説を見るかぎりによると、妻が狂気の世界に入っていったのは、夫が愛人との関係などをしたためた日記をみたことが原因だとされている。その後家庭に異変がおきた。「あたしはあなたに不必要なんでしょ」「あたしはもうがまんはしませんよ」「爆発しちゃったの。もうからだがもちません。見てごらんなさい、こんなに骸骨のようにやせてしまって」「どうしてもね、これだけはわからないわ。あなた、あたしが好きだったの」。

妻はグドゥマというノイローゼに夜な夜な悩まされ、同時に夫を質問攻めにして、ますます地獄の世界にひたっていく。それが日常的におこなわれていった。

小説でミホは「この十年のあいだ、じぶんのからだとこころをすりへらしてしまいました。こんな夫婦ってあるかしら。結婚式のその日から、あなたは悪い病気にとりつかれていたのですからね」という、その十年間は戦後の十年間のことを言っている。

性格判断をすると、おそらく敏雄とミホの性格は正反対であった。しかし、敏雄もミホも、見かけ上はそれを隠していた。だからお互い惹きあうものだけを残してつながっていたのである。ミホはなかなかの才女であった。一方、気性のはげしい一面も持っていた。その性格は、角隠しのなかに隠し通して、尽くす女として生きていた。

敏雄が神戸中学校に通っていた頃の担任教師に若杉慧という作家がいる。彼は島尾の家の近くに住む友人から聞いた話として、「女中の身なりではない若い女の人が箱の中から電球を一つ一つ取り出して石垣にぶつけて割るのを見た、ただの割り方ではなかった」ということを「島尾敏雄への私情」というエッセイで書いている。

また、詩人の伊東静雄がミホについて「島尾君は又とない得難い人をみつけた」と言ったかとおもうと、ミホさんは「お女郎さんのようで気味が悪かった」とも言ったと、「林富士馬への返事」というエッセイで敏雄自身が書いている。これらの文章はミホの性格をよく伝えているというべきであろう。

悲劇の文学

敏雄とミホの戦後について、もう少し触れたい。戦争というキーワードが島尾文学を理解するうえで重要なキーポイントになると思えるからだ。

『死の棘』はおおくの評者が言っているように、ある意味で、ひとつの家庭内戦争を描いた小説である。国が主導しておこなった戦争と、家庭の中で自らつくってしまった戦争。敏雄とミホはその両方のはげしい戦争をいやがおうにも潜り抜けなければならなかった。

最初の戦争は、もちろんふたりとは何のかかわりもないところで起きたにもかかわらず、逆にふたりを強く結びつけることになった。閉塞感と緊張感が張り付いている辺境の地で、唯一、人間らしい感情を芽吹かせてくれた。歓喜があり、救いがあった。

ところが、戦後やってきた夫婦間の戦争は、敏雄が浮気をし、そのことを日記にしたため、その日記をミホが見たところから発生したのであった。

夫婦間のあるべき規矩を男が踏み外してしまったため、おもわぬ亀裂が生じたのである。お互い惹きあいながらも相反していく、あるいは生活の現実から攻撃されていくという形でそれは表出された。

ある面お互いの未熟さと若さ、わがままな感情が重なって出てきた、いまわしい修羅場に一転した。まさに、誰の目から見ても、地獄絵図の世界であり、歓喜どころか、渇ききった砂漠の熱射そのものをイメージさせた。

極端に違いすぎる両極を鳥瞰すると、ある意味で「外の戦争」と「内の戦争」といっていいのかも知れない。両方の戦争で敏雄もミホも共に敗戦を体験するのである。だが、もっとも傷ついたのは内でおきた戦争であった。

この戦争は多くの人、多くの家庭がそれぞれ体験している世界であり、特別ふたりだけに存在したものではない。ただ、ふたりの場合病いの因子が強すぎたため、巨大化して形をあらわにしたのか、島尾文学のみごとな表現力が固有性を印象付けたのか、ということは言えそうである。

勝者のいない、そもそも勝者などありえようはずもない愚かな戦争に立ちあっていくのが、またわれわれである。人間というものは平気でそこまで行ってしまうものなのだと、妙に納得もさせられるのだ。

結局、ミホは心因性神経症という病いを患い、嫉妬の鬼と化して敏雄を追い詰め、呪縛し、敏雄を自分に従えさせようと振る舞い、昼夜を問わず、いぶりかえしていくのを日課とした。ある意味で、復讐の鬼と化し、小説を一層盛り上げていくのである。また一方では、普通の状態に戻って慈母の役割もはたしていく。

才女で気性の激しい女が、信じきっていた夫に裏切られて壊れだすと、どのような変貌の仕方をするか、まざまざと見せつけた小説と言っていいかも知れない。

何も生まない、勝者もいない、渇いた砂漠の戦争と断定したが、これもよくよく考えると当たってはいない。何故なら今対象にしている『死の棘』が生まれてきたのはその渇いた砂漠の砂埃《すなぼこり》の中からであったのだから。

話は戻るが、多くの人は敏雄の緊張感とユーモアさえ感じさせる『死の棘』を読んで、ミホは「夫の浮気の犠牲になった哀れな女性」という受け止め方をしがちであった。その面は否定できないが、また一方、ミホの反応過敏な精神性が、地獄図を過度に引っ張っていった面もあったのである。

愛と狂気の物語と言えば、琉球近世に創作された組踊、『執心鐘入』があることを思い出す。

「執心鐘入」の女

国の伝統芸能にも指定された組踊『執心鐘入』は、一七〇〇年代に琉球王府の踊奉行として活躍した玉城朝薫の作品である。

彼は琉球ではじめて組踊という舞台劇をものし、のち劇聖といわれた。現在では国指定の伝統芸能になっているが、『執心鐘入』は玉城朝薫が作った五つの組踊の中でも秀逸な作品といわれている。モトネタは、能の『道成寺』であることは論者がよく伝えているところだが、内容はおおよそつぎのようなものだ。

王府に仕えるため中城間切から首里に向かって旅立った凛々しい若者が、夜になったので明かりのついている家を訪ね、一晩とめて欲しいと懇願する。女は最初は断るものの、相手があの、名高い中城若松だと知ると急に心変りをして男を迎え入れ、逆に男に愛を迫る。

最初、女は物静かで、耐えるように感情を抑制して動じないかに見えた。しかし、いくら諭しても男が自分の意のままにならず、むしろ自分から逃げていったので、そのことに敏捷に反応していった。つまり、狂気をむき出しにして執拗に男の後を追いかけていったのである。

その変り目のすさまじさに、男は逆に恐怖を感じ、末吉宮という寺に逃げ込む。女はすでに本性ともいえる「鬼」と化して、さらに挑みかかっていく。ところが鬼女は僧たちの念仏とたたかう羽目になり、遂に撃退されてしまう。

『執心鐘入』を敏雄とミホの関係に強引に照らして見ることもあるいはできそうである。

何の変哲もない日常をたんたんと過ごしていた島の女の目の前に突然凛々しい男が現れた。ふたりは急速に接近し、燃えるような恋心をぶつけあい、しかも女は従順で感情も抑制し、生涯尽くす姿勢を示しつづけるのである。

ふたりの恋心は、これまで住んでいた家も親も捨てるほど激しいものとなった。ところが、女はいったん裏切られたと知るや、鬼のような審問官に変貌し、血眼になって責め立てる。その仕返しは半端ではなく、相手を病の底に突き落とすような、執拗で陰湿きわまるものとなってあらわれる。

『執心鐘入』の場合も、女は家も親も捨て、思い通りにならない男を一方的に追い詰めていき、結果として鬼になるのである。そのときのふたりの女に共通するのは、状況に違いはあるものの、愛を求めるがゆえに周りの世界が視界から消え、男しか見えなくなっていったということが似ている。

あるいは自分中心に思考を煮詰めていき、自分のおもうとおりに物事をすすめ、責める対象を一点に凝縮していくのが似ているのである。

話を敏雄、ミホにもどすが敗戦直後、敏雄は、自らの死に場所と決めていた奄美群島、加計呂麻島の呑之浦から家族のいる神戸に生還した。

世話になった、呑之浦の隣り集落押角に住むミホの養父大平文一郎からは「ミホと結婚してもいい」という許しを得ていた。

文一郎は、一年前に妻を亡くしていた。ミホはその妻の兄弟の子供である。文一郎夫婦はミホをわが子のように可愛がって育てた。しかし文一郎の妻は近所の人と潮干狩りに行き、突然倒れてそのまま亡くなったのである。

思えば、子どもにめぐまれなかった夫婦が養女を迎えるということは、跡継ぎを迎えるということを意味するのであろう。そして婿養子を迎え入れて大平家の家系を絶やすことなく残していくという日本的風習にのっとって万端ととのえられていたのではないかとおもわれる。実際、当時ミホには親同士が決めた、同じ氏《うじ》を持つ許婚者が大和村にいた。ミホはそれを蹴って敏雄を選んだのであった。その選択も分からないわけではない。

しかし、余談になるが、これも沖縄の五大歌劇のひとつ「中城情話」にあてはめることができる。「中城情話」は一九三三年親泊興照によってつくられ珊瑚座によって上演された芝居だ。内容は、許婚者《いいなずけ》がいる村の娘が、首里からやって来た里之子に心が移ってしまって、村の男との縁を切る物語である。ここでは村の男の苦悩と心変わりしてしまった女の強情さが浮き彫りにされていく。

国を守るために軍神となるべく現れた凛々しい隊長は、「執心鐘入」では中城若松に、「中城情話」では首里の里之子にたとえることもできる。

いずれにせよ、変化のとぼしい村の女性教師の目の前に、貴種が流離してきたのであった。手を伸ばせばつかむことのできるこの人は、文学的素養も身につけた文化人で、実際本も出版している人なのだという憧れもあったのではないか。ともかく才女ミホを虜にするすべてを身につけて男が出現したのだとみていいだろう。血が湧き、心が躍る恋心が湧出したとしても不思議ではない。

敏雄にとっても事情はほぼ同じであった。敏雄にとって呑之浦は国が決めた死に場所であった。また、そこは死に場所にふさわしい島の果ての小さな村落であった。その名も知らぬ僻地に、気がきいて文学的素養もある、若くてきれいな女性教師がいたのである。この偶然こそ決定的であった。

人は遠くにいる人より近くにいる人を選択するという道理が通ったというべきか。ミホは遠くに住む許婚者よりも、あるいは家系よりも目の前の敏雄を、自分自身の「我」を選んだのであった。しかも時代は非常事態であり、明日はどうなるかわからないほどにも切羽つまっていた。明日をも知れない身と言ったが、これは当時が戦争中であったことからきていることで、あるいは、静かでのどかな集落では「敗戦」ということは考えの中にはなく、むしろ戦争は勝って、そのまま終わっていくと理解されていたのかもしれない。大本営は、日本軍はいたるところで善戦しているという情報だけを発信していたのだから。

それでも近くにいるこの隊長は、国家を、ひいては住民を守る尊い存在だと少なくともミホたちには認識されていたのであった。

死に場所での恋

敏雄とミホの出会いは、ほとんど偶然であった。同時にまたそれは宿運としか名付けられないものでもあった。

さらに意地悪を導入して『執心鐘入』にたとえると、おろおろ逃げてばかりいた若松が女と一緒になり、生活を共にした場合、一体どのような結末をむかえるにいたるかを示すものでもあったと言えるのではないか。

ゆえにふたりの戦後の戦争は「死」にも、「棘」にも結果的に結びつく宗教世界にたどり着かざるを得なかった。

つき詰めていくと、ここにいたる原因は沢山ある。家庭内戦争の火だねは敏雄にあるとか、惨劇の元凶は敏雄にあるとか、すべて敏雄の行為に非を括ってしまいがちだが、ミホにも病の因果は内包されていたのだと思われる。

潜在性として、島嶼世界にありがちな血の流れである。そこまではいかなかったとしても、その面での弱さを幼少のころから持っていなかったのかということが気になるところだ。

ミホは、敏雄について自分の中に過剰な理想像の種を撒き、大きく育てていったのであった。必要以上に。というより異常性を包み込んだまま。そして、あくまでも自分の作った理想像だけを絶対として、ありのままの現実をみようとしなかった。

ということは、特攻崩れの傷、戦後の価値観が変わっていった痛手、規律から開放されて自由にふるまえるようになった心境、それらを背負っている敏雄を直視することなく、戦時中の隊長として、日常生活でもそのような振る舞いを求めたのであった。ありていに言うと「観念の隊長さん」のまま自分の中に永遠に閉じ込めてしまっていたのである。今からおもうとこれ自体が、病のいたすところではなかったかということである。

たまたま、当時、敏雄は文学に向かっていたため、文学のためには生活など犠牲にしてもいいのだという無頼派的な考え方さえ持っていた。

敏雄の視野には太宰治、坂口安吾、檀一雄といった小説家が存在し、そして彼らと同時代を生きていたのである。規律、命令、死と向かい合った暗い時間が通り過ぎると、自由を謳歌したいという気持ちがでてくるのも当然であった。文学的風潮は島尾の場合、たまたまこのような流れのなかにあったのである。

『死の棘』によると、ミホは文学的生き方から距離をとり、覚めた目で文学を見ていたかのように思われがちだが、それも違う。おそらく敏雄以上に文学世界にミホは漬かっていた。

ふたりが、何万分の一という確率で南の島の「死に場所」で出会ったのだ。運命論的に言うとその出会いは、よりよい成果を生み出させるためのものであったし、そこに向かわざるを得なかったとも言えるのであろう。

敏雄が国のために死ぬようなことになれば、これは神の意思だから、ミホも神の指示どおり敏雄のため後を追って死ぬという関係が、あるいはすでに築かれていたように。

信じる信じないということではなく、このような組み立て、宿縁がすでに宿っていたとしたほうが納得しやすいのである。しかしそのとき敏雄は、自分はそこで死ぬ運命にあるのだというこの一点のみを信じていたのであった。

当時の特攻隊が考えていたように、敏雄は千に一つも生き残れるとは思ってもいなかった。戦況については情報を知る立場に彼はいた。手下の軍隊、集落の人々が知りえない動きも掌握していた。おそらくその緊張感が彼をして存在感のある立派な人に見せていたのではなかったか。反面、どうせ海の藻屑となる身なのだから「青春」にくだけるほどぶつかってみたいという相反する考えもなくはなかったのかもしれない。

いずれにしてもまともな「結婚」などできるはずもないと思っていたと思う。ただ言えるのは、また何度でも強調しなければならないことは、ミホの敏雄への愛情は本物であったということである。敏雄のミホへの愛情もしかりである。

慈父、結婚を承諾

敏雄の文章を読む限り、ミホの養父文一郎は、自分の考えを曲げて、ふたりの思いをかなえてあげたかのように書かれている。それはそれで、事実であったかもしれない。妻と共に可愛がって育てた娘に、あるいは妻と血のつながりをもった娘に、信頼し愛する男が現れたのだから。しかし、すんなりと許したのではなかったのではないか。いろいろ迷った挙句にくだした苦渋の選択であったのではないかと、どうしても思ってしまう。

敏雄は後に、その時のことを「私の中の日本人」で次のように書いた。

《無条件降伏という思わぬ結末で戦争が終わり、解員のために呑之浦の基地を去らねばならなくなった時、私は彼にその娘と結婚したい意志をつげ承諾を乞うたのであった。彼は実に快く受け入れてくれた。彼の妻は一年ほど前に死亡し娘とふたりだけの生活をしていたのだから。娘がよそに嫁いでしまえば彼は島に残されてたったひとりの生活を送らなければならないことはあきらかであったのに》

彼というのは、大平文一郎のことである。余談になるが文一郎といえば一九二六年、奄美鎮西村（瀬戸内町）で三重県出身の浜田八十八と共同出資して富士真珠株式会社を設立、半径真珠の養殖事業を展開、製品を外国にまで輸出するほど成功させた経済人であった。

一方、沖縄宮古島で人頭税反対運動をしたあと奄美にわたり半径真珠養殖に成功、まべ真珠の存在を世界に知らしめた中村十作の事業展開は、大平文一郎らより三年も前のことであった。しかし、いずれも一九四〇年になって戦争が拡大していくのを受け、事業は国から禁止させられたのである。

文一郎が軍隊にたいして好意的でなかったのはその辺の事情にもよるとおもわれる。ちなみに、中村十作は人頭税との関わりについて生家にも知らせず、家族は死後、宮古島の校長先生からの手紙で初めて彼の功績を知ったのだという。

明治生まれの彼らには気骨と野心が巣くっていた。文一郎もすごい人物であった。『島尾敏雄事典』にも記載されていない、またあれだけのことをしながら『町史』にも出てこない大平文一郎だが、敏雄の書いた「私の中の日本人」の副題は「大平文一郎」と書かれており、数少ない資料となっている。敏雄は次のように書いた。

《彼は中国の文物を好んでいた。或る時、彼が日本人は中国についてさえいれば戦争をしなくてもいいのにと述懐したことがあった。その大胆な発想にその時の私は驚いて、ふとかつての琉球中山王国の老読書人からの意見をでもきく思いになったのであった。一度だけだけれど、つい二人が口争いのようになってしまったことがある。ルーズベルトか蒋介石が死んだら戦争が終わるのに、と言った彼の言葉尻をつかまえて、私は指導者が死んだぐらいでこの戦争は終わりません、と言い返したのだった。珍しく彼は自分の考えを固執した。戦争がいやでたまらぬように見受けられた》

そのような優しさと執着心を持つ文一郎が、

「ジュー（父）のことが心残りで結婚を思いとどまるようなら、切腹してでも叶えさせたい」と言ってむしろ敏雄を励ましたのであった。

ぼくは以前、養父が「切腹してでも」ふたりの結婚を「叶えさせたい」と言ったことについて推理したことがある。そのときは「戦争は終わったのだし、それぞれみんな、思い通りに生きたらいい」「ミホもこの人と一緒になることが幸せだと本当に思うならそうしたらいい」「もし、親戚縁者が反対するとか、あるいはミホがそのことを気にするなら私は生き残ったからだを差し出してもいい」と。

ところが、敏雄の神戸時代の担任で芥川賞候補にもなった作家、若杉慧の「島尾敏雄への私情」を読んで、実際はそうではなかったのではないか、と思うようになったのである。「切腹」という表現の仕方に疑問が残ったのである。ミホも敏雄が特攻出撃したら切腹するつもりであったと自ら語った。

どうも「切腹」という、いさましくも無惨な行為が事業家でもあった文一郎が軽々しく言うとは思えないのだ。ぼくにはこれはミホの表現ではないかと思うようになったのである。敏雄はそうでもないが、彼女は軍国女性らしく「勇ましさ」に憧れる傾向があり、またそのような空気が好きであった。

これはひとり彼女だけの空気ではなく、島人に等しく持たされているものでもあった。国という列車に乗り遅れるとひどいことになるということを肌で感じ取っていたといえばいいか。何故養父の意見ではなかったのかということだが、理由はみっつほどある。ひとつは、養女をすんなり手放すとなると文一郎にミホへの愛情、もしくは大平家のこと、結婚を約束した相手の男のことがさほど重要視されていなかったということになるのではないかということ。

何よりも順序があり、相応のけじめはつけてから結論を出すのが普通なのではないか。文一郎はそのようなことをわきまえない、不義理を嫌う人であったのではないかということである。もうひとつは、敏雄はそのころミホを文一郎の養女と知っていながら実娘として書いている。いや、書かされていると言ったほうが正確であろう。当時のことだが終始、ミホが養女であったということを敏雄は知っていながら隠し通していたこと。

もうひとつは、島尾文学の大半はミホの目を意識して書かれているため、その検閲をくぐりぬけなければならなかったことを受けてそう書かざるをえなかったということ。

ともかく、敏雄の人柄も評価されて、どうにか文一郎の承諾を得ることには成功した。では本当はどう説得したのかと言うと、やはり一旦は身辺整理と解員手続きのため島を離れるが、それが済み次第、島に戻ってくると約束したのではなかったかということである。

ここに貴重な文章（「島尾敏雄への私情」）がある。若杉慧が書いたものだ。


《父行けといふ。窮死もしくは途中で斃れたとわかったときは自分も死ぬ、この庭に花の咲くまで待ってをる（島尾を連れてかへれの意）。親戚一同に出島の挨拶回り。二十年十月なり、同志の女一人、震洋艇から爆薬装置を抜いて放置されていたのを、民間で無断私有、電気にて動く仕掛けに改造》

これは昭和三十九年四月、敏雄・ミホ夫妻と九州旅行をした際、ミホから聞いたことを若杉がメモをしておいたものである。

ミホが同志の女を含めて出島する模様については、後にミホ自身が「御跡慕いて――嵐の海へ」でも書いている。これについては後で触れたい。「御跡慕いて」には、若杉が書いたメモ同様のことが、溢れる思いをこめて書かれているのである。

終戦後の約束
若杉慧の書いたメモを見る限り、ミホが、ジューのことをおもんばかって結婚を思いとどまるようなら、自分は切腹してでも叶えさせてやるといったということとは、どこか雰囲気が違っているように思える。

ここでは養父はあきらかに「行って早く敏雄をつれて戻ってきなさい。春までには戻ってきなさい」と言っているのである。「途中でおまえに何か事故でもあり窮死したらジューもすぐ後を追う」と言ったのはミホの創作ではなかろうか。

あるいは、メモ自体に事実と異なる記述があるが、それはミホが創作したものだとしか考えられない。いや、ミホは二度、島を脱出するが、失敗した一度目と、成功した二度目のことが渾然一体に語られているのだ。

女友達をさそって脱出した一回目のときは、ジューにも周りの人にも内緒で行動し失敗したのであった。そのときのことは、のちに「御跡慕いて」という題で書かれた。ここで言われている「親戚一同に出島の挨拶回り」というのは、二度目のときであった。

おそらくジューは、ミホが魂の抜けた人のようになってしまい、また琉球芝居の悲劇を思い出すが、そのヒロインによくある、たとえば「花風」で歌われる「述懐節」の状況をミホは囲っていたのではないか。

朝夕さんおそば　拝みなれそめて
里や旅しめて　いきゃし待ちゅが
（朝も夜もあなたの傍で慣れ親しんできて、急に旅立ったあなたをどうして待つことができるか）

と嘆くヒロインの思いを再現しているように見えたのではないか。

ジューはもしかしてミホは気が狂うのではないか、あるいは自殺するのではないかと心配したのではないかと推察する。

さらに想像できるのは、神戸の父親の後を継ぐ意思のない敏雄は、いったん除隊のため戻ることになるが、手続きが終わり次第帰ってきますと約束したのではなかっただろうかということである。そこまで敏雄が言ったとするならあるいは、ミホがもし結婚を思いとどまるようなら、死んでも叶えさせましょうと言ったとしたら少々は頷ける。

ともかく敏雄は、この戦争で本土は壊滅的痛手をこうむったので、おそらく家族も生きてはいないだろうと思っていたふしがあるのである。

敏雄は当時の思いを「うしろ向きの戦後」というエッセイで次のように書いた。

《いずれにしろあの敗戦の後で私が実感したことは、国は敗れてもなお山河は残っているという当然なことへの鮮やかな驚きであった。原子爆弾の効果はもっと徹底したもの、原子の破壊による物質の完全な解体、つまり山のかたちも灰のようにくずれて無くなってしまうものと考えていた。……兵役の義務は微塵にくだけ、私を束縛するものはなにもなく、いわば私は自然の中に放り出され、すべての約束ごとから自由になれたと思った。なぜか私はそのことばかりが強く受け取られたが、そのことに反比例して破壊の度合いが不徹底だと感じたのであった。どこに戦争の痕跡が残ったといえたろう。みんなもとの通り、ほんの表面のかすり傷だけではないか。おそらく自分ひとりが生き残ったと考えたがったこともひどい見当はずれであった。家族でさえ一人を除いてみんな生きていたし、友人たちも大方は戦場から生還した。私は少なくとも日本人の半分は死んでしまったと思っていたのに》

敏雄は、おそらく自分ひとりが生き残ったと考えたかった。しかし、事実はそうではなかった。自分の考えがひどい見当はずれであったことに気づき動揺したのである。

つまり敏雄が考えたのは、これからは自分の思い通りに生きることができる、場合によってはすべての約束事から自由になれる、しかしそれにしてもどうも日本の壊れ方が不徹底すぎるというものであった。

さらに敏雄は「琉球列島の加計呂麻島で現地除隊をするつもりでいた私は、部隊の解員手続きをすませなければならなくなって武装解除がおこなわれないうちに島を脱出した」とも書いた。

そして「解員のために呑之浦の基地を去らねばならなくなった時、私は彼にその娘と結婚したい意志をつげ承諾を乞うた」のだとも書いた。

また、次のように進む。


《結婚のあと九州の炭鉱に入るつもりの時に教職の仕事のがわに就いた。それはその後の私の生活のわかれ目となった》

おそらく敏雄は九州にでも行って、炭鉱の仕事をするか、加計呂麻島に戻るかしようと考えていたのであろう。そのため、意識的に一定の職にとどまろうとしなかったふしがある。しかし、父の強いコネで、教職の道へとすすんでいった。ところが、最終的にはこれも蹴って東京に行くことになったのだが……。

「近代文学」での座談会

神戸でのことにも触れなければならない。敏雄の父四郎は、妻と死別するや、新妻を娶った。こっちはこっちで、郷里、福島県相馬の娘さんでもさがして敏雄と結婚させ、彼に商家を継がせたいと考えていたようだ。

だから、戦地で結婚を約束した相手ができたといっても承知することができなかった。これまで、たいていのことは大目にみてきた。九大経済科を退学して文科に再入学したときも許した。親の商売は弟に継がせ、自分は文学に向かうと主張したときもしぶしぶ認めた。が、結婚だけは許せないという思いがあった。しかも、植民地政策に慣れきっていた当時の平均的日本人の考えの根っこに、日本人は天皇様を戴く「単一民族」だという強い自負心のようなものがある。その結果、内地以外の人々をなんとなくさげすむという意識構造がはたらいていたのではなかったか。

四郎もその平均的日本人の一人であったといってもいい。どうしてもふたりの結婚を認めようとしなかった。という以前に、許しがたいことのように思えた。ミホから手紙が届いたときも家族ぐるみでそれを敏雄に見せないように、敏雄に知られたり、気づかれたりしないように対応した。

昭和三十七年の『近代文学』一、二月号に庄野潤三、奥野健男、吉行淳之介、平野謙、埴谷雄高、佐々木基一らが出席して「島尾敏雄―その仕事と人間」と題する座談会を行ったことがある。その中から庄野潤三の発言を見ると、敏雄とミホの関係について次のように語られている。

《向こうで知り合って、彼が先に神戸に帰ってきました。それから少し経って迎えに行った。そのときはご存じのように汽車旅行が困難だったが、神戸から九州の鹿児島まで行って、それからまた向こうの島に渡るということは不可能かもしれないという状態だったろうと思うのですね。そういう彼が書いていないことを話してよいものかどうか、彼がとにかく迎えに行ったのです。迎えに行って奥さんを連れて帰ってきて、神戸で結婚式を挙げたのです。戦後です。（略）結婚式に伊東静雄と私とが大阪から招かれて出ました》

事実を知っているだけに、庄野はもどかしい言い方をしていることが分かる。敏雄自身が書いているならともかく、書いてもいないことを自分が勝手にしゃべっていいものかどうか。そういうこともあって、本人が発言した面のみにしぼって言ったということなのではないか。

だから事実関係からずれていること、いや、事実をまぎらわそうとしているのではないかと思える部分さえある。あるいは、校正の段階で敏雄に確認をとり、微妙な箇所の書き直しをいわれたのかも知れない。事実は前述した若杉慧のメモのとおりであった。

ミホはおそらく敏雄は一、二週間で島に戻ってくるものとばかり思っていた。ところが、事実は一ヶ月すぎても帰って来ない。何の連絡もない。十月になると居ても立ってもいられなくなり、敏雄ら軍人が乗り込んで死出の旅立ちをするために用意された、今では爆薬装置が抜かれてただの舟となった震洋艇を改造して、電気エンジンを取り付け、ミホの命令で女の人がつき、島を脱出しようとしたのであった。

ところがあいにくの大雨で、エンジンは止まり脱出は失敗におわった。そのとき舟は島の反対側に着いたという。

それにしても、たとえ目の先の本島古仁屋までとはいえ、震洋艇のような小舟で、風がつよく波も荒い、しかも陽の落ちた寒い日、夜逃げ同様に出島したというのは無謀としか言いようがない。過剰な恋心は思いを一つ方向にしか向かわせない狂気すれすれの場面を惹起させたのである。普通の判断が消えていたとしか言いようがなかった。

変わった島尾隊長

敏雄に対する狂気すれすれの愛はすでにひとりでかかえこむことができないところまで達していた。ジューにも黙ってミホは一度目の出島をこころみるものの失敗におわった。二度目の時は周りの人にもちゃんと挨拶をした。

《父行けといふ。窮死もしくは途中で斃れたとわかったときは自分も死ぬ、この庭に花の咲くまで待ってをる(島尾を連れてかへれの意)。親戚一同に出島の挨拶回り。二十年十月》

若杉慧のメモはその時のことを伝えている。

ミホはジューに、花の咲く春までには彼を連れてきなさいと言われたのであった。あの無謀な脱出劇を目の前にして、おそらくジューは目を白黒させたであろうことは想像できる。ミホの精神状態はすでに危険水域にまで達していて、ジューの力では押し留めきれないものを感じていたのではないかと思う。

この一度目の出航、脱出については、ミホ自身が『新潮』二〇〇六年九月号に「御跡慕いて――嵐の海へ」の中で書いている。

二度目の密航、脱出はそれから一ヵ月後に行われた。つまり闇船に乗り込んで決行するのだが、この場合もまたエンジンの故障にあい、船は喜界島に流された。敗戦後の、どんぞこの船舶事情をしめしていると言わざるを得ない。あるいは闇船だから、このルートでしか渡航できなかったのかもしれない。喜界島から島々を伝ってどうにか鹿児島に着き、ミホは鹿児島の薩摩川内に向かい、同地に住む叔母の家にいったんは落ち着いた。

そこから神戸市篠原まで行くのも大変である。まずは敏雄に手紙を出した。ところが、先方から返事が来ない。ミホは、敏雄が手紙を見て、「大変だったな。七島灘を越えてきたか」と、島での夜の逢引を思い出して歓喜の返事を送るか、または直接本人が飛んできてそのような歓迎の言葉をかけてくれることを考えていたと思う。

しかし、期待が毎日はずれていく。また、手紙を書く。やはり、先方からの返事はない。さらに、手紙を出す。やはり同じだ。すべてがなしのつぶてで、期待している敏雄からの返事は一向に期待できず、その気配さえ感じられなかった。

これほど手紙を書いても返事をよこさないというのは敏雄が嘘の約束をしたのではないかとか、「あの人は情のない人だ」とか、敏雄を不愉快に思い、ののしる言葉さえでてきたであろう。またまた、ミホ自身が沖縄の歌劇「伊江島ハンドー小」の情景を思い浮かべたかも知れない。しかし、手紙はすべて父四郎らによって横取りされ、敏雄の手元には届いていなかったのである。前にも書いたが、父四郎は戦地で出会った田舎の娘を快く思っていなかった。

どちらかというと情のないのは、四郎のほうだというべきであろう。しかし父親には父親の思いがあって、どうしても故郷の娘と一緒にさせたいという親心がまさっていたのだ。当時の時代はまだまだ父親の威厳が通る時代であった。

ようするに文一郎とミホ、四郎と敏雄の家族関係、ものの考え、それに生活環境そのものが全くといっていいほど違っていたのである。それでも、両家の父親はそれぞれの考えを持って、わが子のために良かれと思うことをしていたのである。父親の心の不安、揺れから敏雄とミホの心の不安、揺れは最後まで逃《の》がれることはできなかった。

ミホの手紙が敏雄になかなか届かないのには、もうひとつの理由があった。彼はこれまで死だけを見つめて生きていたのに、これからは死を考えないでもいい生活を取り戻したこともあって、戦地でのことが小さく見え、友人宅を放浪し、文学論やら、風俗などの話に興じて無頼の生活をしていたのだ。

つまり戦後の解放感から、文学仲間と語り合い、思い切って文学に向かっていくことを実行していたのであった。

戦後間もなくというより、復員するやすぐさま敏雄は福岡に行き、真鍋呉夫の家を訪ねた。彼とは当時気があい、泊り込んで文学の話をするほどの仲であった。檀一雄とはじめて会ったのも福岡の真鍋宅でであった。太宰治、檀一雄、中村地平の系譜は文学するものには当時、伝説的でもあり、そのことは敏雄にも伝わっていた。

檀が長男の太郎を肩車し、真鍋の家を訪ねて来たことがある。檀は「太郎はぼくのいい首巻だ」といい、太郎は檀に「チチ、帰ろう」という。その会話の中で流れた「太郎は首巻」ということ、子どもは檀のことを「チチ」という、そのやりとりの特異さと言葉の響きが強く敏雄の印象に残った。敏雄はそのとき「檀一雄とはこの人か」と思うと同時に子供も奇妙だと感じ、不思議な親子だと思った。

一方「颯爽とした若者がつむじ風を一陣起こして駆け抜けていった」という強烈な印象をエッセイに書き残した。

また、大阪にも敏雄の文学仲間はいた。伊東静雄、庄野潤三、斉田昭吉らだ。彼らと会うため阪急六甲から大阪梅田に向かい、何日も泊まり歩く日が続いた。

そのときの敏雄の身なりについて、斉田昭吉は、「襟の階級章をちぎり取った、色あせた海軍の三種軍装を纏い、頭髪はのばし、口ひげもそらないままたくわえ、特攻崩れそのものの格好であった」と書いた。

ミホの手紙をみたのは、そのような格好で家に帰ってきたときである。これが自然で当然の身なりとして身についていたから、手紙をみた敏雄は身支度するでもなくそのままの格好で夜行列車にとび乗り、さらに列車を乗り継いで鹿児島の川内に向かい、ミホに逢ったのである。ミホが驚いたのは言うまでもない。この人は本当に四ヶ月前のあの島尾隊長であろうか。別人格の人が目の前に立っているのではないか。ミホはそう思ったであろう。

「この人、本当に、あの時の島尾隊長か」

ミホは不思議に思い何度も繰り返した。その時の思いを後に述べているほどである。

結婚と文学活動

敏雄とミホが再会したのは昭和二十一年一月十七日であった。しかし、敏雄は内心困ったと思ったのではなかっただろうか。

もちろん、驚きもあり喜びもあり、不安もあり、それらの感情が複雑に絡んでの戸惑いであったかもしれない。ミホ親子との約束を守っていないばかりか、父親をまだ説得さえしていなかったのである。

ミホは泣きながら、何度も手紙を出したのになぜ返事一つくれなかったのか強く責めたであろう。敏雄は、手紙を受け取ったのは今度が初めてだと言って、すぐ家族がそろって二人の結婚に賛成せず、邪魔さえしていたのだということに気づいたのではなかったか。

しかし、敏雄は隠さずにすべて正直に言った。ミホは、敏雄の言っている事を信じる以外なかった。あの島尾隊長が嘘をつくはずがない。「信じます」と素直に理解したであろう。

父親の反対もあって敏雄はいったんミホを彼女の親類筋にあたる児玉太郎宅に預けることにした。児玉宅に行ったのは一月二十二日である。すぐ神戸の自宅に行き、紹介するのが普通だが、またミホもそう思っていたはずなのだが、島尾家の事情もあり、そうもいかなかった。まだ、家族は結婚に反対していたのである。いわばミホは押しかけ女房のかたちになっており、「物事の道理をわきまえない女だ」と嫌がられるのは間違いないと思われた。

児玉太郎宅でも十七日に川内を出て二十二日までの間、どこに居て何をしていたのか、夫婦関係はなかっただろう？　それにしてはおかしいなどとやりこめられた。

《向こうで知り合って、彼が先に神戸に帰ってきました。それから少し経って迎えに行った。そのときはご存じのように汽車旅行は困難だったが、神戸から九州の鹿児島まで行って、それからまた向こうの島に渡るということは不可能かもしれないという状態だったろうと思うのですね。……彼がとにかく迎えに行ったのです》

『近代文学』の座談会で庄野潤三が説明したことと、実際のできごとにはへだたりもある。彼女はすでに鹿児島まで来ていたのだから。

敏雄が不安に思い戸惑ったのは決して、家族だけの件のみが原因ではなかった。彼にも積極的に一歩踏み込めないものがあったのも事実である。ミホが嫌いになったということではもちろんない。ただ、心も外も廃墟の中、文学仲間が集まりだしていて、思い切り大胆に文学にかかわっていくというさなかに、生活とか家族といった負荷は負いたくないといった気持ちが優先しだしていたのであった。

さらに、彼には「軍隊のときの悪疾な病気」と言われている精神的な病いも出てきていて、結婚に踏み込めなかったのである。

彼はこうも書いている。


《丁度その頃私の結婚が暗礁に乗り上げていた。軍隊の時の悪疾な病気も出て来て、心身共に参ってしまい、私はそれを度々伊東氏のところで訴えた》

ここで言われている伊東氏とは、詩人の伊東静雄のことである。この「軍隊のときの悪疾な病気」というのが何なのかははっきりしない。

敏雄は、伊東について「私にとってのサイコセラピストだったのだろうか」とも書いた。戦時中の恐怖と退廃、敗戦のあとの虚脱が全身をかけめぐっていた自分にとって、伊東静雄の言葉のひとつひとつを全身で浴びることが一種の救いになっていたとも書いているのである。

おそらく、精神的にかなり参っていた敏雄の神経症治療をほどこす、担当医のような役割を伊東ははたしていたということになる。

敏雄は小説「孤島夢」の中で次のように書いていた。

《結構楽しくも逞しくもあるそんな生活の中で私は奇妙にいつも暗礁にのしあげるような気がして仕方がないのであった。そんな大洋の中でも私は暗礁に恐怖していた。それはのしあげるという事実よりもその結果生じて来る所の「第何号何々艇座礁ニ関スル経過概要並ニ所見」の作成と、その事件のためにすっかり部下たちに軽蔑されてしまうであろうということとに病的に恐怖した》

このような病的恐怖体験などもあって、おそらく、精神的に参っている敏雄の神経症治療をほどこす担当医のような役目を伊東はしていたのだ。

しかし結婚をいつまでも延ばすわけにもいかなかった。結局二人は家族の同意を得られないまま、昭和二十一年三月十日、神戸の「六甲花壇」で伊東静雄、庄野潤三、震洋艇時代の部下藤井茂の三名を臨席させて挙式を行った。そのとき敏雄は二十九歳、ミホは二十七歳であった。六甲花壇とは神戸で絹あきないをして、財を築いた商人の豪邸を改築して高級料亭にしたところだ。そこにミホがリュックサックに詰めた花嫁衣裳を背負ってはいってきたので、料亭の仲居さんがミホを闇商品の売り込みに来た闇屋と勘違いしてミホを呼び止めた。仲居さんはじろじろミホを頭から足元まで見て「ここは表玄関だよ。勝手口に回りなさい」と注意した。最初、ミホは言われていることがわからなかったため、呆然としていた。たまたまそこに敏雄が通りかかった。

「どうした、ミホ」

敏雄は聞いた。そして、仲居に「この人は今日の挙式の花嫁さんだ」と注意した。これまで大柄に振舞っていた仲居は小さくなって跪き、即座に謝罪した。おめでたい日にトラブルは無用とされたがミホにとっては人生で最高の祝い事の日だからこそ、許しがたいと思った。内地に来てからというもの、ひとつとしていいことがないことも重なって、プライドの高いミホの怒りは想像するに余りあるものがあった。

結婚の儀式が、こういう状態なら結婚生活も今後問題含みで、歓喜とは程遠いものになるのではないかとさえ思えたのではなかったか。それに結婚した後、敏雄はすぐさま体調を崩してしまったのだ。それでいながら文学活動、つまり、小説を書いたり仲間と会ったりすることは手をゆるめなかった。

まず、二ヵ月後の五月には庄野潤三、林富士馬、大垣国司、三島由紀夫の五名で同人誌『光耀』創刊号を出した。敏雄はそこに「はまべのうた」を出した。昨年、軍隊時代に南の加計呂麻島で体験したことをメルヘン風に書いた小説である。

しかも、必要に迫られてはじめてミホが清書した短編小説であった。以後のふたりの文学的歩みを象徴する小説ということになる。

ミホが傍にいると当時のにおいが感じられた。何もない時代、どんな物質も欲も必要とされない、童心のままで住める空間がそこにはあった。

同年十月には『光耀』二号を出したが、ここには加計呂麻島の呑之浦駐屯地のことを書いた夢小説の第一弾「孤島夢」を出した。『光耀』はその翌年八月に発行した第三号をもって終刊するが、それらを発行する費用はすべて敏雄の父、四郎が匿名で負担していたという。

ちなみに、第三号には、敏雄は、夢小説「石像歩き出す」を出した。

絶筆となったミホの作品

ここらで、ミホが二〇〇六年九月号の『新潮』に書いた『御跡慕いて――嵐の海へ』を見てみたい。

《寒い！ 寒い！ おおさむーい！ 痛い！ 痛い！ 嗚呼いたーい！ 萬本の銀の針で全身を突かれるが如くに肌を刺す寒気。上下の歯がガチガチガチと音をたてて噛み合い、頭の頂点から足先迄震えが止まらず、呼吸が苦しい》

文章はこうして始まる。

気づかれた方もいると思うが文章がこれまでのものとはあきらかに違っている。これはミホの絶筆と言っていい小説だが、なぜ彼女はここにきて、これまで書いてきた「です調」から「である調」に文章を変えたのだろうか。そして、最後になるかもしれない自分の文章として『御跡慕いて――嵐の海へ』を書いたのだろうかと単純な疑問が出てきた。ぼくにはひとつの謎に思える。

深読みをすると、慕う想いがどんどん増殖していく敏雄の像を追って嵐の海へ旅立つという暗示にも受け取れる。あるいは、また自分の想いの深さを示す大きな事実を最後に記録しておきたいということであったのかもしれないとも。

しかしここで、戦後六十年も過ぎてなお「島尾特攻隊長さま——」と想いのたけを語られると、驚きを隠しきれないのである。見たくないと思いつつもつい、敏雄を神格化しようとする計算を見てしまうのだ。ミホはかつて島でこのような歌がはやったとして紹介したことがある。

《あれみよ　島尾隊長は
人情深くて　豪傑で
あなたのためなら　よろこんで
みんなのいのち　ささげます》

しかしこの歌は、三番までミホ自身がつくり、はやらせたものであった。純粋な愛情を表現したといえないわけではないにしても、現在的に言えば、どうしても愛情に計算が働いている、芝居くさいという思いから逃れることはできない。

「気が狂うまで愛した。これは純粋な愛です」と言うのであったら、あるいは真実の愛だというのであったら、あれほど夫をいたぶりつづけるのではなく、生前もっと敏雄を慕って、家族を包み込んで欲しかったという思いが抑えがたく出てくるのだ。これは愛情にみせかけたわがまま、独占力だったとどうしても思ってしまうのである。

最後には、敏雄を、ミホ自身の牢獄に閉じ込めてしまったのであった。そこから解き放たれていたら『死の棘』に匹敵する夢小説が島尾文学として登場していたことは疑いない。

ぼくには、いみじくも冒頭で書かれている思いは、そのときのミホの思いそのものであり、「嵐の海」に突入したときから、すでに萬本の銀の針で全身を突かれる痛みを受けてきたということなのだと思ってしまう。

《ジュー（慈父―）　ジュー（慈父―）　ジュー（慈父―）》

《声を限りに私は父を呼ぶ。胸が裂けんばかりに痛む。大声をあげて泣いた。父にも家の手伝いの者達にも気づかれぬように忍んで、暴風雨のさなか、家を後にしたのだった》

《「ミホ　ミホ　ミホ」
あの優しく清らかであった母の声も、聞こえるように思えた。一年前の夏の日に母はこの近くの海で亡くなったのだ。母は隣家のマツヅル小母さんと潮干狩に出かけ、浜辺で心臓麻痺をおこして忽然と帰天したのだった。私が今この海で死するとしたら、母と子の如何

なる由来に拠るのやら》

こうして文章は十枚ほど続いていくが、ここらで、ミホが書きのこした短歌を見ておこう。

わが燃ゆる熱き想いに較ぶれば
　暴風怒涛なにほどやある
古《いにしへ》も今もあらざり人恋ふる
　深き想いは代々に変らじ
恋故に十七代続く家系捨て
　独り子のわれ嵐の海洋《うみ》へ
琉球南山王の血筋引く
　古き我家も此処に絶えなむ

ミホの心の中に如何に家系、血筋といったものがことのほか強く意識されていたかということが伝わってくる歌である。しかし、これも恋には勝てなかったということだ。その気持ちも分からないでもない。

ミホの心情、ミホの愛情としては分かるとしても、文一郎にとっては、妻が突然世を去り、愛娘も突然島を去り、家系も突然絶えて独りで死んでいくということほど、寂しいことはなかったのではないかということも分かる。文一郎の想いも何となく伝わってくるが、ミホはミホで懸命に生きていたことをゆめゆめ忘れるべきではない。

しかし、やはり、どうしても、なぜミホは『御跡慕いて――嵐の海へ』に戻ったのだろうかという疑問は残る。そこで、最後におかれた文章を引用しておこう。

《万難を越えても御側へ参りたいと思った。以後の私の人生に嶮しい苦難の幾山河を越える道程があろうとも、萬本の『死の棘』に心身を刺される時が訪れようとも、島尾隊長様のお側に仕え、私の生涯を捧げしたいと、今、亦、更に強く思い決めた》

どう見ても意味深長な文章である。遺書の思いでしたためたとどうしても考えてしまうのだ。

伸三の見た家族

先に行きすぎたが、東京時代に戻ってみたい。敏雄は、神戸から東京に出て、そこでの生活に失敗し、妻の治療に付き添うかたちで市川の国府台病院に入院した。

失敗したとはいえ、生活はしなければならず、何よりも入院費もかかるので敏雄は、そこでの生活を小説にした。

「現在の会」が発行する『現在』は、当時九州で本格始動したサークル村活動にみられるようなルポルタージュを基層においていた同人誌だが、敏雄の書く「病妻小説」は、自ら精神病院に這入り、入院中に、あるいは退院後に発信された夫婦小説として注目された。

しかし、壁で閉鎖された病院での異様な生活は敏雄の感受性をもますます閉塞化させていった。退院を希望し、ふたりはミホのふるさとである奄美大島に生活の場を移すことを決めていた。奄美で敏雄は「病妻小説」、なかでも『死の棘』の小説に取りかかるが、決してミホの病いが快方に向かったというわけではなかった。

終戦後、ミホが敏雄に出した手紙が、父四郎らの妨害によって本人に手渡されなかったということ、また神戸時代にいい思いをしなかったということはミホの中でずっと尾を引いて残っていた。

大和村で送った幼少のころの生活に戻ったようにおもえたのではなかったか。しかし、神戸では敏雄という理解者がいた。大和村では理解者は無きに等しかった。

幼いとき、母親がいなくなると父は新妻を迎えた。その間に子供ができると、継母はミホに冷たく当たった。ミホと継母の対立はエスカレートし、ミホは父の姉、つまり大平文一郎に嫁いだ大平家に養子に出されることになったのである。

ミホの対抗心は、自分の中から長田姓を抹消すること、再び二度と大和村の土は踏まないというかたちであらわされた。ミホは心に強く誓った。そして、そのことは実行されたのである。神戸時代への恨みは、決して敏雄の父に笑顔を見せないということであった。そして、これも実行された。

つまり、心のどこかで、愛する夫と、夫が慕う義父への仕打ちをせねばならないということであったように思える。四郎親子に対するミホの忸怩たる感情が一気に爆発したのである。ところがそれは大人の対応ではなく、狂気の対応としかいえないものであった。四郎が奄美大島を訪ねてきたときのことである。息子や孫に会いたいということと、敏雄との手続きを必要とするものがあった。ところがミホは決して義父に敏雄を会わせまいという手をうったのである。

まずミホは、四郎が家に訪ねてきてもなかに入れないこと、戸を閉めたきりにして籠城し、あきらめて帰るのをじっと待つという作戦をとった。

長男の島尾伸三はこのことについて『月の家族』で次のように書いている。

《父も母もふたりの子供も、家のなかでじっとして、外出もしないでいるのです。台風が来ているわけではありません。外は良い天気です。原因は神戸のおじいちゃん、つまりおとうさんのおとうさんが奄美まで私たちに会いにきたので、何をそんなに嫌がったのか、母がおじいちゃんを嫌がって、家族でいえの中に籠城する命令を出しているからです》

四郎は、一時神戸で共に生活したこともあり、たとえ泊ることはできなくても、敏雄や孫の顔は見られるだろうと思っていた。ところがそうはいかなかった。伸三は籠城だけしていたのではなく、祖父の偵察もさせられていたとも書いた。

《おとなたちの間にどんな確執があるのかは知りませんでしたが、小学三年生の私は偵察係にさせられて、朝こっそりとパンを買いに出かけるついでに隣の親戚の家へ行っておじいちゃんがどうしているかの情報を集めて、母へ報告するのです。昨日はタケシおじさんの病院へ私たちの様子を聞きに行ったとか、お金をハルおばさんに預けたとかです。こん

なときになるとだらしない父は、ベッドに潜ったまま出てきません》

鬱の気配に見舞われていた敏雄はミホの手前、意を決してベッドに潜り込んでいたのであったが、子供には「だらしない」父親と映った。

《おじいちゃんは、街の宿に泊まっていて、毎日やって来て、私たちに会おうとしましたが、ついにできませんでした。いいえ、最後の日に私は、雨戸の破れたところから手を出しておじいちゃんの手を握りました。妹のマヤも戸の穴からおじいちゃんと握手しました。おじいちゃんは、その後、私に手紙を何度かくれましたが、母が読んで捨ててしまいましたので、たまたま彼女が居ないときに受け取った一通だけが私に届きました。それには、何度も手紙を出したが読んでくれたかと書いてあったので、母の仕業が分かったのです》

なにかしら因果応報ということがあるのだということを感じさせる出来事である。それにしても、この風景、何故か悲しくて寂しい。

それだけではなかった。父四郎が亡くなったことさえ、ミホは敏雄にも、伸三にも知らせなかったのであった。

《おじいちゃんは私が大学生の時に死んでしまいました。

私は東京の美術学校へ通うようになっていたので、当時は京都に住んでいたおじいちゃんに会おうと思えば夏休みの行き帰りに立ち寄ることができたのですが、母がまだ禁止していたのです。ですから、おじいちゃんが死んだのさえも知りませんでした。夏休みの帰省で奄美に帰ったとき、母が、

「おとうさんは、お風呂場で泣いていた」と言ったので、一年前におじいちゃんが他界したことをはじめて知ったのです》

四郎は肺炎を患い昭和四十四年五月七日に亡くなるが、そのこともミホは自転車事故で入院中の敏雄や、留学中の伸三には知らせなかった。ジューの死に目にも会えなかったという、これは敏雄に対するミホの嫌がらせであったのではないか。そのとき四郎は七十九歳であった。

また、伸三が書いた少年期のころのことも引用しておこう。これは、敏雄が鬱に悩まされているときのことだと思うが、伸三はさらに書いている。ミホはお粧《めか》しをして買い物に行き、留守番の敏雄には二十羽ほどいるにわとりに水を与えておくことを申し付けたときのことである。

《彼がその留守中に仰せつかった命令は、団地のような独房の並ぶ小屋に閉じ込められた二十羽ほどのニワトリに、水を与えておくようにというものでした。

日の暮れかかった、まだ充分に明るい時間に買い物から帰った母と、お供でくたくたの私は、コップに水を入れて台所とニワトリ小屋を往復している父を発見しました。可哀相に、彼は母の嘲笑と罵倒をたっぷりと浴びなければなりませんでした。

父はニワトリの一羽ずつに、コップで水を運んでいたのです。さんざんな厭味《いやみ》と文句が滝のように降り注いでいるうちに日は落ち、暗がりでバケツと黄色いメッキのアルミの杓《ひしゃく》を持たされて、彼は彼女の監視の中でトボトボとニワトリに水を与えるのでした》

寂しい風景である。「島尾隊長さま」と口を開けば言っていたミホの狂言を見たりする。伸三は父の最初の姿を「可哀相に」と表現しているが、しかし敏雄にとって、あるいは「その時間が充実」していたのではないか、むしろ「彼女の監視の中でトボトボとニワトリに水を与え」ていた時が可哀相な姿であり、彼女の監視からのがれると、どのような恰好をしていても充実していたのではないかと思ってしまうのである。

狂気
　昭和三十七年発行の『近代文学』一、二月号に掲載された「島尾敏雄─その仕事と人間」と題する座談会にいま一度戻ってみたい。

　まず平野謙が聞く。

「吉行さんはいつごろ島尾君とは、知り合いになったのですか」

　吉行が答える。

「僕は庄野を通じてですね。昭和二十七年だったか、『現在の会』というのに、僕は無関係だったのだけれども、庄野に連れて行かれて、そのときはじめて島尾に会ったのです。ただ島尾の作品は『単独旅行者』以来ずっと愛読していまして、今作品リストを見たらほとんど読み落としがないぐらい読んでいますね」

　分からない点があったのであろう、さらに平野は聞き返す。

「『現在の会』というのは何ですか」

　この質問は吉行に向けられたものだが、奥野が確認をせまるように引き取った。

「現在の会というのは、この前『群像』に文壇遠望を書いていたがその中で『Gの会』と書いてあり、そのことはまだ平静に語れないといっていましたが、それは真鍋呉夫なども入っていたのでしょう」

庄野がこたえる。
「真鍋、安部公房、戸坂泰一などが中心になっていたように思いますね」
そこでいわれている島尾敏雄の書いた「文壇遠望記」とは、昭和三十六年の『群像』四月号に書いたものを指している。
これについてもみてみたい。「文壇遠望記」の中で敏雄は次のように書いていた。

《「近代文学」及び「新日本文学会」のいずれにおいても、私は固く緊張していたように思う。で自然にその中で誰かを呼ばなければならないときは「さん」付けで呼ぶことになった。もうひとつの文学グループGの会の中で私はやっとなかばその仲間を「呼び捨て」で呼べる場所を持ったことになるが、そのグループのことを今はまだ冷静に書くことはできない。

おおざっぱに言うと、私は生活につまづき、家庭と病院の中だけに閉じこもらなければならなくなったときに、まずそのグループとのつながりを切る必要があった。そして今もその状態が続いている。

ただある意味ではそのグループの会がきっかけとなって、それとは別のグループが後で育つことになったときの仲間がその会合にも出てきていた。それは庄野潤三と三浦朱

門と吉行淳之介のことだが、庄野はそのときはまだ大阪にいた。》

島尾はここで自らかかわった文学グループの正確な名称や参加人名を書いているのだが、唯一「現在の会」だけは「Gの会」とし、同人名さえ一切記載していないのである。これは不自然であるといわなければならない。というより、ここには何かがあると、誰もが疑問を持った筈だ。

「現在の会」という文学組織に対して何かがある、と。その当時の「何か」といえば、ミホを精神的に追い詰めた、あるいは敏雄が一時付き合っていた「女」がそこにいたということ以外何もありえなかった。

「現在の会」には真鍋呉夫がいた。真鍋といえば、敏雄が戦時中呑之浦で短編「はまべのうた」を書き、ミホが清書し、それを送った相手であり、同人誌『こをろ』のメンバーであった。彼とは何でも語り合える仲であったが、ミホとの結婚後は徐々に離れていった。

ところが「現在の会」で事務局の手伝いをしていた「女」は昭和元年生まれで、当時二十九歳であった。その関係がミホに知れ、ミホがその組織から敏雄を引き離すため、多くの手段をとったため、しっくりいかなくなったのである。

あるいは、彼との間に誤解を招き寄せるような事柄が起きたと言われているが、これはその女をめぐってのことであったらしい。それで、自然にふたりの関係は遠ざかっていった。

『こをろ』の同人で、中心的メンバーであった矢山哲治の「全詩集」を出さないかと敏雄が斡旋したのを、最も喜んだのは真鍋であったという。いろんな面で、「Gの会」つまり「現在の会」は重要な位置を占めていたと言っていい。

『死の棘』のクライマックスともいえる十章「日を繋けて」で登場する女はZさんたちに頼まれて見舞金を持ってきたといっている。そのZさんとは誰なのか、いろいろ推論しても判らなかったが、のちに発行された『死の棘日記』により、Zとは真鍋呉夫であることが分かったのであった。

その「日を繋けて」の章で女はミホに手ひどい仕打ちをされてしまうが、次のような場面があった。

《「Sさん、助けてください。どうしてじっと見ているのです」

と女が言った。私は返事ができない。

「Sさんがこうしたのよ。よく見てちょうだい。あなたはふたりの女を見殺しにするつもりなのね」

とつづけて言ったとき、妻は狂ったように乱暴に、なん度も女の頭を地面に叩きつけた。

「助けてえ」》

この場面はなんとも寂しいし、女への同情がどうしても先に出てくる。決して意図したわけではないが、結果として「ふたりの女を見殺しにする」行為になってしまった罪を敏雄は生涯背負わなければならなかった。

しかし『死の棘』の夫婦は、どこにでも存在する普通の夫婦である。それがいったん崩れだすと双方が手痛いめにあう。いたしかたのないことである。それにしても、彼らの犠牲の大きさはふたりの関係の特異さによるものだという気がしないでもない。

『死の棘』の愛人

『死の棘』は超現実小説

最初、『死の棘』という小説とどうむきあっていたのだろう、ということを改めて考えてみたくなった。ずっと前のことを振り返ってみようということである。

脈叢書の四巻として『島尾敏雄』を上梓したのは、今から二十八年前の一九八四年である。これは当時、個人誌であった『脈』に島尾敏雄が元気であったころから連載していたものを一冊にまとめたものであった。思えばずいぶんと以前の文章ということになる。

発行しようと思いついたのは、島尾敏雄の死という衝撃的なことがあったからだ。連載中というか、存命中いろいろ示唆も受けた。

小説『死の棘』でぼくが最も関心をもったのは二章の「死の棘」と十章の「日を繋けて」に登場する「女」についてであったと言っていいだろう。

三十を過ぎた大の大人といってもいい夫婦が、まだ二十代の「女」をおそれて、一家総出でたたかう妄想を披瀝し「ぼくと伸一が小銃で応戦する」「おまえとマヤは玉運びだ」など、家庭内の出来事を大戦争のごとく設定した『死の棘』を眞鍋呉夫は一種の怪奇小説であり、ネガティブな空想未来小説だと規定した。正確に言うと彼は次のように書いた。

《妻をなぐる手の動きに、軍隊時代に部下をなぐった記憶がかさなる。とまっていた時計が動きだし、猫の墓が持ちあがり、台所の水たまりが血のように見えはじめる……。あまつさえ、これらの超現実的なイメージには、もはや家の破片の一つとしてのおもかげさえない。そこにはただ、いわば現代のモノノケともいうべきある種の怪奇な無稽さが、揺曳しているにすぎない。その状況の悲惨さにもかかわらず、これらの作品に一種コミカルな風が吹きとおっているのはそのためであり、私はおかげで、ロバート・シェクレイえがくところの「穴に挟まれた男」―ジャック・マスリンの七転八倒ぶりを連想させられたぐらいだ。》

そして、次のように結びつけた。

《もっとも、一般の読者はかならずしも家庭の幸福論の信奉者ばかりではない。彼らも時には無意識のうちに、「現代ニハ家庭ノ幸福ナンテドコニモアリハシナインダゾ」という内心の声をきくのだ。そこで島尾は、ふだんは無意識のうちに埋もれているリアルな認識を読者の眼の前に拡大してみせる。かつて夢を現実化してみせたように、こんどは現実を超現実化するという、方法というよりは、むしろ、「窮鼠猫を噛む」とでもいうべき苦肉の策によって。そしてそこからこれらの作品の、悪夢にうなされているようなあの熱っぽいリアリティが生まれてくる。即ち、これらの作品が私小説でもなければ家庭小説でもなく、強いて類別すれば、むしろ一種の怪奇小説であり、ネガティブな空想未来小説だという所以である。(「猫の墓が持ちあがる」)》

眞鍋のこの考えは最近知ったことなのだが、大変貴重な指摘だと今なら間髪いれずに思ってしまう。かなり飛躍はしているものの、無理して類別しようとするならと、ワンクッション置いて類別している。よくよく考えると、この小説は「夢の中での日常」につながる世界をも同時に展開したことになるということになるのである。

そのことを前提に考えると、『死の棘』は「夢の中での日常」的なるものも包含しつつ「日常の中の夢、あるいは日常の裏の日常」の奥まで迫っていった特殊な小説であるということになる。

また眞鍋呉夫はその前に次のようにも書いた。

《昭和三十二(一九五七)年、安部公房、開高健、関根弘、竹内実、飯島耕一などと一緒に始めた「現在の会」が自然解消の形になった頃から、島尾との間が急に疎遠になり、それからは互いに音信を交わすこともなく今日に至っている。その最大の原因は、どうやら島尾の周囲の人たちが、本書—『死の棘』における「愛人」のモデルと島尾と私の関係を誤解しているせいらしいが、私も島尾も今のところ、その誤解をとくすべを見いだすことができないでいる。もっとも、彼の誤解が、もし私や島尾の証言によって簡単に納得してもらえるようななまやさしいものであったらひょっとすると、何かに憑かれたような超常的な表現の高みに達したこの秀作が日の目を見ることはなかったかもしれない》

これは、見ようによってはなかなか意味の深い言い方である。『死の棘』は島尾、妻、女（愛人）のほかに、眞鍋という視点もあるいは繰り込まなければならないのかも知れないのだ。その当時、まったくそういうことは考えなかったが、しかしぼくはここでもやはり、「私も島尾も今のところ、その誤解をとくすべを見いだすことができないでいる」という中に「女」は犠牲の只中に置かれぱなしになっていいのかという感を持たざるを得なかった。『女』の存在にもっと眼をむけなければならないのではないかとおもった所以である。あの当時、ぼくは『島尾敏雄』の中の「死の棘」論の中で次のように書いた。

《まず、私たちはその「女」について見ていく必要がある。「女」が小説に姿を具体として出すのは二章の「死の棘」と十章の「日を繋けて」の二章だけである。だが、通信とか訪問という形をよそおって、あるいは妻の詰問の過程で何度も影のように「女」は現れる。しかしその影は、作中の「妻」と「私」が創り出した妄想であるというふうに私たちは見なければならない。

私たちが、そこで気づくのは「死の棘」「日を繋けて」に登場する「女」の像と、通信とか訪問など「妻」の口から言い出される「女」の像はあきらかに異なっているということだ。

私は最初、この小説を読んだとき、「日を繋けて」を受けて書かれた「引っ越し」で、私服の刑事の言った「あの可哀想な人」という表現が強く印象に残っていた。小説のなかでは、第三者として登場する刑事の言葉として出されているが、実際は作者島尾の意識であるはずのものであると曖昧に思っていた（二〇～二十一頁）》

ここでぼくは「曖昧に思っていた」と書いたが、そのときはそのようにしか書けなかったのである。

もおもっている。

妻の罠とは

『死の棘』という小説は島尾敏雄とミホの合作といってもいいような作品であるとぼくは今でもおもっている。

しかし、その作品の中で「女」の登場も重要な位置を占めているといわなければならない。「女」の登場がこの作品をうごかしているのだ。二章と十章がなければ、おそらく『死の棘』は平板な普通の小説になっていた。

こういってすぐに思い出すのは三島由紀夫の『絹と明察』という小説だ。この小説で駒澤善次郎という駒澤紡績の社長は章ごとに名前は付されるものの『死の棘』の女のように、影のようにしか登場しない。だから、ぶきみであり、大きな存在に見えた。とにかく『絹と明察』で駒澤善次郎の存在は大きいのである。

おそらく三島は、主人公の善次郎が絹生産に明け暮れて、大物に化けていったが、最後には「明察」に達するということでその題名をえらんだのであった。そう思うと『死の棘』も「死」と「棘」を分けて、主人公は死ではなく棘の生活を選んだという意識が作者のどこかにあったのではないだろうかとさえおもえてくる。

三島は駒澤善次郎に日本的なるこころを象徴させたが、島尾は女に恋の果てを象徴させた。

漱石が『こころ』で「恋は罪悪である」と言わしめたその罪悪性とか、破壊性とか、誰でも持つこころの動きを罪の象徴として書いていったといってもいいのではないか。

四章の「日は日に」のなかにつぎのような箇所がある。これは、雨あられのごとくおそってくる幻覚にさいなまれた妻の攻撃を受ける場面のほんの一例だ。


《「いま、あいつが来た」

と言う。わけがわからず、

「だって、ぼくがえさを買いに行って五分とたっていないよ。道では誰も見かけなかったぞ。おまえ、幻覚を見たのじゃないか」と言いながら、自分で自分の言ったことばが気味悪くなり、妻の顔をまじまじと見た。

「いいえ、あいつがほんとうに来たの。おとうさんが出て行ったと思ったら、いきなりあいつがとびこんできて、玄関のぼうやに、おまえのおかあさんはどこに行ったって、こわい声できいていたわ。あたしはおそろしいから、すぐ書庫のほうにかくれていたの。伸一、おまえ、そのおばさん、こわかっただろう」

伸一は真赤な顔をして、だまっていた。

「どこに逃げかくれしても必ずさがしだして一生つきまとってやるから、おまえのおかあさんに言ってけって、そう言って出ていったの。あたしきいていたわ。たしかにあいつです。あいつにちがいない。伸一を見て御覧なさい、ぶるぶるふるえているじゃありませんか。こんな小さい子どもの胸ぐらをつかまえて、そんなこわいこと言って帰って行ったのよ。こわい、こわい、あたし、こわい」》

どう考えても、攻撃的で気の強い妻が二十歳《はたち》を少し過ぎた女をおそれてすぐ書庫のほうにかくれてしまうということは考えられないのである。「こわい、こわい、あたし、こわい」という心の動きも信じられない。

「寒い！寒い！おおさむーい！　痛い！痛い！嗚呼いたーい！」というミホの遺作になった「御跡慕いて」の書き出しの文章をおもいうかべることはできても、年下の女を恐れる心域につなげていこうとしても無理が生じてくる。どうしてもその心情に繋げて情景を思い浮かべることはできない。

十章でのできごとをぼくらは知っているから、そう考えてしまうのかも知れないが、しかしその場面がなくても、日ごとつづく尋問といたぶりつづける妻の様態を見ているから「おとうさん」とここでいわれている家庭的雰囲気をかもす公称も芝居じみてみえてしまう。また、ここで妻は完全に弱い女、従順な女を演じてみせようとしているとしかうつってこない。

これらのことを背景に、ぼくは『島尾敏雄』のなかの「死の棘」論で次のように書いたのであった。

《「私たちは、第二章で女の貌や心情の一端を見てきている。だからその女が、男の不在をみはからって、邪鬼のごとき形相で現れ、子供をおどしにかかるという像を想像することはできない。しかし狂気すれすれの妻が、子供の胸ぐらをつかまえて「お母さんの言うとおりに言うんだよ」とおどす像はすぐ湧いてくる。

どのような意味からも「女」は戦闘的とか、挑発的とかいうイメージからほど遠い相貌をして立っている。（略）これら一連の行動は「妻」が「夫」を自分により近づけるための、あるいはおろおろする「夫」をさらに痛めつけるための策略なのだというふうに見えるのである。

電文のような脅迫文「マイニチニゲルノカ、ヒキョウモノノメ、オモイシラセル」とか「アクマデヒキョウデオクビョウモノ、ニゲマワルカ、ジブンノヤッタコトニセキニンヲモテ、サイゴマデタタカッテヤル、カクゴシロ」などは、狂涛のなかをさまよっている「妻」の口調そのものである。

このように疑問をさし向けようと思えば、疑問をさし向けられるにもかかわらず、作中の「私」は、その面では深く自己を閉ざし、視点をしぼろうとしない。「いま、あいつがきた」という「妻」の言葉に対して、五分そこらの買い物で、そんなはずはないと思いながらも「おまえ、嘘を言っている」というふうには言わないで「おまえ、幻覚を見たのじゃないか」と言う。しかし、「私」が深く自己を閉ざしているというよりは、この場合、作者島尾敏雄が自己を閉ざし、深く沈黙していると言ったほうが正しいのであろう」(二一七〜二一八頁)》

しかし、『死の棘』という小説をおもしろくしているのは、この妻の仕掛ける罠と演出と、それに呼応する夫、さらに言うと材料になっている「何も知らない女」の組み合わせにあることは間違いないのである。

また、ここで追加しなければならないのは、ぼくらはここで島尾の韜晦術の駆使に気づかなければならないということである。トシオは「……おまえ、幻覚を見たのじゃないか」と言いかけて、急に止めたのであった。彼は「自分で自分の言ったことばが気味悪くなり、妻の顔をまじまじと見た」のであった。妻の言うことに疑いをさしはさみ「幻覚」を見たのじゃないかという発言をすることは、燃えている妻の心の火にさらに油をそそぐようなものでしかなかった。その事態を察知したトシオは妻の顔をただまじまじと、要するに注意深く見たというふうに書いたのであった。

「瞳」が語る思い

二章の「死の棘」は、故障してずっと止まったままであった時計が動いたという、象徴的で奇妙な体験からはじめられる。

象徴性とか、意味づけをするといったこと自体を島尾はさほど好きなほうではないとおもうが、しかし、この章で島尾は「瞳」という表現に、ある象徴性をもたせるように表現した。

島尾はミホの叔父でウジックヮと呼ばれる長田広が校長を勤める女子高の夜間に週二回の約束で嘱託教師の職を得ていた。ところが、ここだけでの収入では親子四人の生活は支えきれないということで、出版社などを回り、それとなく営業活動をする。

ある出版社でひとつだけルポの仕事の話が出る。ところが、いまの家庭の事情からすると取材にあてる時間など取れそうもないということでことわらざるをえなかった。それはたまたま出会ったグループのZ（眞鍋呉夫）に回った。

「ほら、ちゃんと仕事をみつけてきたよ。やっぱり出かけてみるもんだな」と笑顔で妻に言いたいのに、現実はにっちもさっちもいかない状態だ。強がりを言ってもその先のほうから崩れていく。「男はつらいよ」の世界なのである。

つらいのは、出版社で出会ったZの誘いを断りたいのに断れないで一緒に食事をして時間を過ごしてしまったことでもあった。「あたしは名前を誰とは言わないけれど、あなたの古い友達はみんなあなたを笑っているわよ。あなたのまえではどんなことを言っているかしらないけど」といった妻の言葉がいやおうなく去来し、島尾を弱気にさせる。

あるいは眞鍋が先に書いた眞鍋に対する「誤解」がすでに島尾のなかにはあったのかもしれない。「妻」と「夫」の関係のまずしさを去来させる場面だといってもいい。

おそらく、そのままの意識を引っ張ったまま帰宅したくない島尾はたまの外出ということも理由のひとつにして、ついでに吉行淳之介、小島信夫、庄野潤三らと会って帰宅する。すると、懸念していたことが現実化する。いるはずの妻が家にいないのだ。

もしかして「女」の家に押しかけていって、刃傷事件をおこしているのではないかと、考える。そのようなときの考えは暗い方向とかマイナスの方向ばかりに回転していくものである。思考軸の回転は、そのような負の方向にこそ向かって行くことを特徴としているものなのである。トシオは、思い余って「女」の家に行くことになる。

その場面についてぼくは『島尾敏雄』の「死の棘論」で次のように書いた。

《「妻」の不在が気になり、もしや「女」の家におしかけて刃傷事件をひきおこしているのではないかと思い、「女」の家に行くが、そこに「妻」のみえた気配はない。引っ返そうとする「私」に「女」がつめ寄る場面がある。

「ひと月に一度ぐらいは来て」

「来られない」

「じゃおてがみをちょうだいね」

「それもできない」

「あたしのほうから、てがみを書いてもいい？」

「そうしないほうがいい」

と押し問答になりながら女は瞳を左右に動かして、私の瞳の動きを追い、何かをはかるふうに考えたあとで、

「あたしにできることなら、どんなことでも言ってちょうだいな。あなたのお役に立ちたい」

ここで「瞳」という表現が象徴的に出てくるのに注目しよう。作者島尾は、あくまでも澄んだ「瞳」の世界の無限を見ていると言っていい。女の瞳に対してなぜ「私の目の動きを追い」ではなく「私の瞳の動きを追い」と、「女」の「瞳」と「私」の「瞳」を重ねて島尾は何を象徴として浮かばせたかといえば関係の明澄性である。

「女」のイメージ、あるいは二人の関係は瞳のように深くどこまでも澄んだ世界をつくっ

ているということを明証しようとしている。「あなたのお役に立ちたい」と瞳を左右に動かして言う「女」に邪気の形相はつながらない。作者島尾は、分裂しながらも、そのことだけは文字に定着させたのだ。（三〇～三一頁）》

「あなたのお役に立ちたい」ということは、おそらく「女」の性格をあらわしている。愛人だったら普通、「ひと月に一度ぐらいは来て」とか「おてがみをちょうだいね」などとは言わないのではないか。「女」は純真に島尾の文学に役立ちたいと念じているのだとおもう。

その意識はまた、同様に妻にもあった。ところが、妻は役に立ちたいというおもいとは乖離し、むしろ島尾の多くの才覚を幽閉させ、縛りつけていくという、表現者にとっては最悪な状態を惹起させたのであった。

事件の日のこと

『死の棘』十一章の「引っ越し」で刑事は「あの可哀相なひとに一度会ってやってほしい。あんたも罪つくりなひとだ。今更そんなことを言ってもはじまらないだろうから、ともかく一度会ってやんなさい。とても会いたがっている」と言うが、トシオは「会いたくありません」とかたくなに言い張って、結局あわない場面が第十章「日を繋けて」にある。

「でもあんたはあのひととつきあいがあったのだろ。私もいろいろいきさつをきいたけれど一度だけでいいと言っている。何かつたえたいことがあるらしいよ。だから会ってやんなさい」

とさらに刑事は強調する。

「ちょっと会ってやるだけでいいのにねえ。ま、そう言うなら……さんに私からよくはなしておこう。しかしちょっと会ってやったほうがいいのじゃないかね」と、もう一度言い「ところで、あれだけの傷を負わせたのだから、もし被害者がその気になるなら、いささかめんどうなことになるところだね。しかし……さんは事を荒だてたくないと言っている。ところが洋服は破かれているし、顔もはれあがってとてもあのままじゃ外に出るわけにもいくまい。だから傷の手当てや損料として二千円ほど出してやらないか。そうすればそれでこの事件にけりがついたということにしよう。……さんもそれで了承すると言っているから」と念をおす。

これは十章の「日を繋けて」の一場面であり、トシオを見舞いにきた女に妻と夫のふたりが暴力したことを受けて警察ざたになったあたりの描写である。

ぼくは、この刑事の「可哀相な女」という言い方がとても強く印象に残った。いや、こう書いた島尾のメッセージが胸うちに刺さったというべきかも知れない。本当は、刑事はそう言うはずがない。それにその一連の言葉は刑事らしい心情にそぐわない、むしろ仲間内をかばうという同情に満ち溢れた言葉だ。島尾の心情がそのままあらわれているといったほうがいいのではないか。

『島尾敏雄』「死の棘」論でぼくは次のように書いた。

《「日を繋けて」は、小説『死の棘』の転換部として重要な意味を持っている。極限の最たるところまで「私」の意識を引っぱってきた部分である。これまで、「妻」の語りと、作中の「私」の妄想で登場し、険悪な「影」をおとしていた「女」が、移転したばかりの佐倉の家に訪ねてきて、「妻」と対面する。

対面というよりは、「女」にとって単なる訪問が、「妻」や「私」にとっては猛襲と受けとられる形の出会いを形成してしまう。その出会いで傷つくのは「私」であるはずだが、しかし「私」はただおろおろして「妻」の言動に従い、傷つく度合いが薄められていく。それは家をたてなおすことが「私」の唯一の倫理になっていて「私」はその倫理に従って動いているだけだからだ。「没我」の決意は、その倫理にかろうじて支えられていたと言っていいぐらいだ。倫理の逆立、転倒した倫理と言っていい場面は、見舞いという形で訪ねてきた「女」を夫婦でいためつけるところに現れる。(四一〜四二頁)》

逆立した倫理を生きる、あるいは「実際の心情としてはそう思わなくても、組織人としてこう行為せざるをえない」という、限りなく没我していく思考は島尾が軍隊生活のなかでつちかってきたもの、そのものである。そこでの生活で散々、精神を痛めつけられてきたであろうに、島尾はふたたびその轍をふまなければならなくなった。(昭和二十三年一月二十日の日記に島尾は「小説や詩を書く人はね、デーモンにつかれた人でなければ駄目なんだよ。ただ人が善い丈では小説は書けないいんだよ。僕など俗人にデーモンなど囁きもしないさ」と書いた)。

軍隊人としても、家庭人としても適していなかったのは、文学という名の根っこに宿っているデーモン(悪霊)、もしくはミューズ(詩の女神)のせいである。そのデーモンもしくはミューズにとりつかれながら島尾はしかし、よく頑張ったといわなければならない。

そこで刑事の言葉として「とても会いたがっている」「一度だけでいいと言っている」「何か伝えたいことがあるらしいよ」と女の願いをこれでもか、これでもかというぐあいに言わしめていく。

つきあっていた女が、しかも障壁があってなかなか会えない状況下で「一度でいいから会いたい、会って伝えたいことがある」というと、まさかグループの誰彼が文学賞の候補になったよ、などという生易しい報告のために来た訳ではないことぐらい、島尾自身がよく知っている。

考えやすいのは「私も、別の人と新しいスタートをします。あなたも、奥さんを大事にしてください」ということを伝えるために訪ねてきたのかもしれない。

あるいは、「もう一度だけあんたの思いを聞きたい。もう前のようにはいかないということでしょうか。私が力になってあげれることはないということでしょうか」と確認をとって再出発するつもりであったのか、あるいはまた、眞鍋との誤解をはっきり伝えるためであったのか、いろいろと考えられるものの、しかしそれは詮無きことである。

そしてそれは、島尾を隊長としてではなく、文学をする才能豊かで、しかもひよわな一人としてみていた「女」の精一杯の行動だったのかも知れない。いわばいくとおりにも考えられる場面なのである。それを島尾は聞きたくないとばかりに拒否しているのも不思議と言えば不思議なのである。

刑事はさらに次のようなことを言う。「ところで、あれだけの傷を負わせたのだから、もし被害者がその気になるなら、いささかめんどうなことになるところだね。しかし……さんは事を荒だてたくないと言っている。ところが洋服は破かれているし、顔もはれあがってとてもあのままじゃ外に出るわけにもいくまい」

普通、警察は被害者に対して「相手を訴えるか、どうか」ということを聞く。事が発生したとき、報告書をだす義務があるからだ。島尾は軍隊時代、その報告書のことで苦慮し、神経をやられたのであった。

「女」はふたりを訴えることもできた。普通なら、訴えるであろう。「殺してやる」とさえいってー方的に暴力をふるわれているし、女自身「ひとごろしい」とか「おとなりさん、助けてくださーい」と叫んでいるのだから暴行罪、あるいは殺人未遂行為で訴えられてもいたしかたない。加害者が精神に異常があるから罪に問えないかどうかについては裁判所が決めるのだから。しかも夫は妻に幇助《ほうじょ》している。だが「女」はそうしなかった。それだけではない。女は男の子を孕み、堕胎さえしているが、その行為をなじることさえしなかった。

それに「女」はここで「事を荒だてたくない」とさえ言っているのである。このような「女」が家庭の破壊者のごとく「マイニチニゲルノカ、ヒキョウモノメ」「サイゴマデタタカッテヤル、カクゴシロ」などと脅迫するとは考えられないではないか。そうしたい気持ちは非常によく分かるが。

あの脅迫は、あきらかに妻のつくりごとであり、妄想である。ここでも妻は警察に嘘をつく。「乱暴をしちゃいかんな」と警察にいわれると「悪いのはそっちの女なんです。そいつがかってにひとのうちにはいってきてあたしを脅迫したからとてもこわくてむちゅうになってやっつけたんです」と。

小説に書かれている事実は、帰ろうとする「女」を追いかけていって、家の中につれてきて、戸を閉めて軟禁状態にし、暴力をしかけたのは妻であり、その言いなりになった夫であり、ふたりである。妻の「とてもこわくてむちゅうになってやっつけた」という自己弁解を平気で言う性格があきらかにされる。

おそらく島尾は妻の言葉のあと「と妻は幼いむきな声音になって言っていた」と書いたが、本当は別の書き方であったものを、こう訂正したのではなかったかとさえおもわれる。

ぼくは、せめて十章のくわしいことについては『日記』で述べられているはずだとおもっていたのだが、反面「妻」の検閲にひっかかることは必定ともおもっていたから、期待半分、あきらめ半分ではあった。

そして案の定、その日のこと、その事件のことは日記に痕跡が残されることはなかった。

どれが真実か

ここでは、十章に書かれた事件についてミホ自身が書いた文章を見ていきたい。一九六一年発行の「婦人公論」五月号に書いた「『死の棘』から脱れて」というエッセイである。ミホは書く。

《女は急に恐ろしくなったらしく、私をつきとばし、ドアの外に逃げましたので、私は飛び掛って行って捕まえて、折り重なって地べたにたおれました。そのあとは二人とも、庭の土にまみれ、髪の毛をむしり、洋服を引き裂きお互いを傷つけ合ったのです。私は相手を組み伏せ、顔を泥の中におしこみながら、この女を真実に殺してしまおうと思いました。夫とかかわりを持っただけでなく、その時までの四、五ヵ月というものは、私たちはその女からの手の込んだ強迫じみた脅しを受け続けましたので、私はそれに耐えられず、神経が変になってしまったのでした。夫は、「ミホ、もういい、追い出せばいい」と言い、その女は、「島尾さん！ たすけて！ たすけて！ あなたは二人の女を見殺しにするのか」と叫んだが、夫は腕を組んでじっと立ったままです。》

それが、『死の棘』では次のように書かれる。

《「苦しい、苦しい、助けてぇ」

と女はつまった声を出した。雨でしめった黒土にじかに倒れこんでいるから、ふたりともよごれほうだいになっているはずだが、暗くてはっきりは見えず、でも頬やひたいに着いた泥はねばっこい血のようだ。荒々しく女をきめつけても、妻の呼吸のあえぎは隠せない。女が動くとそれにつられて進むから、いつのまにか隣家との塀近くまで移っていた。そのあいだ私はだまって突っ立ち腕を組みそれを見ていた。

「Sさん、助けてください。どうしてじっと見ているのです」
と女が言ったが、私は返事ができない。
「Sさんがこうしたのよ。よく見てちょうだい。ふたりの女を見殺しにするつもりなのね」
とつづけて言ったとき、妻は狂ったように乱暴に、なん度も女の頭を地面に叩きつけた。》

作品が急に動き出す場面である。読者は薄情なもので、あくまでも紙のうえのストーリーだから、おもしろく展開さえしてくれたらいいとおもってしまう。

だが、作品を確認するため中にのめりこんだものには、取り組まなければならない作業が積まれているのである。なぜそうなったのか。実際はどうであったのか。ふたりの女性の性格、書かれているひとこまひとこまの表現に対する問いかけから自由になれない。この場面で言うと、腕を組んで立ったままの「私」の心境は一体どういうものであったのか。

ここでは同じ状況を書いたとおもわれるミホの表現と『死の棘』の表現を比較してみたい。つまり、次のくだりだ。

《「島尾さん！ たすけて！ たすけて！ あなたは二人の女を見殺しにするのか」と叫んだ……》（『死の棘』から脱れて）

《「Sさんがこうしたのよ。よく見てちょうだい。ふたりの女を見殺しにするつもりなのね」とつづけて言った……》(『死の棘』十章)

くどいようだが再度読み返してもらいたい。あきらかに、不意に登場した女の「言葉使い」が違っている。ミホの書いた「見殺しにするのか」という表現は「ミホヲイツダスカ」「マイニチニゲルノカ」といった女の言葉使いそのものである。その表現と同じ語調というか、言葉使いをおもわせる。

ところが島尾は「見殺しにするつもりなのね」と書いている。このようなときの表現は発言した人の感情を読者にどう印象付けしようかということで大きな意味をもつ。一方は攻撃性をもった命令調であり、一方は哀願性を内包した諦念調といっていい。

これらの表現で、どっちが攻撃的になっているかということも測ることができるといってもいいだろう。

攻撃的といえば、十章では次のような場面もある。

《「そうだ、こいつのスカートもパンティーもみんなぬがしてしまおう。トシオ、はやく、はやく」妻が本気で言っても、それは私の耳が勝手につくりあげた声のようだ。

「なにをぐずぐずしているの。こいつがそんなにかわいいの」

とせかされ、そうする気になり、女の腰に手をのばしたとき、下ばきの下にかたいものが指先にふれたと思ったら、思いきり蹴とばされていた。》

この箇所についてぼくは『島尾敏雄』「死の棘」論で次のように書いた。

《「私たちは、下ばきの下のかたいものというのが何のことだか、よく分からない。作者島尾は、描写をにごさないで、もっとはっきり書くべきだと思ってしまう。もちろん、この作品は意図的に表現を省略したり、ぼかしたりしている箇所がいくつも出てくる。読み手にそこまで伝わらないでもいい、という意識が島尾敏雄のなかにはすくなからずある。(略)この場合の「下ばきのしたのかたいもの」という表現にはひっかかる。これについて島尾敏雄は「あれは月経帯のことだが、誰もそれに気づいてくれなかった」と話していた。そして、妻(島尾ミホ)が清書するため、極力表現を抑えているところがあるとも話していた」》

今から思うと、ぼくも配慮心のない文章を書いたなとおもう。意図的に表現を省略しているというところから話は発展していったのだとおもう。しかし、ぼくには省略とかぼかすということが、ことのほか『死の棘』には多すぎるような気がしていた。

思いついたことを言うと二章で女と会ったさい、女に見送られながらふたりはキスをかわしている。もちろん、島尾はそのことを書かない。その部分を省略して次のように書くのだ。想像力をもって読んでいくとそうおもえるというだけのことだが。

《女に会いに来ていたときのいつもの手順の中身が省かれたあとでは、早く女のそばを離れてしまうことばかり考える。舌に残るにがさは、つまりは自分の利己の残滓だけで、女や妻のがわにもそれがあるはずなのに指摘できない。》

ここで表現されている「舌に残るにがさ」が気になるのである。

なぜなのかわからないが、ふたりは手をつないで駅まで歩いてきた。別れてあとも女は島尾が見えるあいだは、踏み切りのほうで煙草をふかしながらずっと見送っている。トシオも女が吸ってよこした煙草をふかして歩いている。ところがここにきて島尾は表現を急に変える。つまり遠い踏み切りのところで見送っている女のふかす煙草火をみながら次のようにおもうのだ。

「都合が悪くなりあたふたと背中を見せて逃げていく男を、どう審《さば》いてやろうかと思案している女の意思」が立っているように「見えてきた」と書いてしまうのだ。

ぼくなどは、どうしても島尾はそこでも清書する妻を意識して韜晦の表現をしているとおもわないわけにはいかないのである。

イエスとペテロ

『死の棘』についての文章は、これまで多く書かれてきた。ところが「女」について追求したものにであったことはあまりない。もちろん、ぼくなどの読書量の少なさにもよるだろうが、そのままではずっと女は「影」のまま放置されてしまうことになる。これではたしていいのかということが気になった。

それに「女」のためにミホは病になったということが一般化し、ミホは被害者、「女」は加害者という作品上のトリックがひとり歩きをしているようにおもえた。『死の棘』という作品そのものが、そのような環境設定をし、そのように幾重にもトリックをほどこしたからである。

またそれが『死の棘』という作品を最高の作品としてなりたたせている生命線なのでもある。だから、じゅうぶんすぎるほどその意図は達成され、また成功したのであった。

すさまじい加害者がいて、その被害を一方的に受ける被害者がいて、その被害者がさらに度をこえた別の加害者に転じていくのだが、そこのところはうまく見えないようにしている。『死の棘』のストーリーは、ストーリー自体としても迫力をもつし、読者の目を最後まで緊張感を抱かせたまま引っ張っていく、そんな作品である。

ぼくの考えの根には、ミホの病はもともとミホ自身が生来もっていたものではなかっただろうかというものがある。この事件がなくてもおそらく病は自然に発生したのではなかっただろうか。戦中はすでに過去となり、時代は変わっているにもかかわらず、何時までも「島尾隊長」を手放さなかったところにも、通常を超えた感覚がやどっていた。

共同体を重視する村では、そのような人が出ると「ガクブリ(勉強のやりすぎで気が狂った)」と言ったように、ありそうなことを提示して納得し合っていく習慣があるが、それに似た意味づけをしていたのではなかろうか。

それについて書いていくには時間がまだまだ足りないので、今回は島尾敏雄について、ずばぬけて質の高い論を展開している吉本隆明の「『死の棘』の場合」(『カイエ』総特集・島尾敏雄)という論考からみていきたい。

《『死の棘』には妻の凄惨な神経反応を惹き起こした原因である主人公の「女」は、ほとんど影としてしか登場してこないのだが、ここは「女」がはじめて、一度だけ主人公「わたし」と妻「ミホ」の前面に登場してくる場面であり、同時に『死の棘』の死命を制している場所でもあるといってもいい》

吉本もここで「女」を「凄惨な神経反応を惹き起こした原因である主人公」と規定している。これは事実を言っている。『死の棘』という作品そのものが、当初からこの枠組みを設定して進行させているのだから。まがうことなき事実というしかない。

そこで、ここでは吉本が指摘している「影」のように現われていた「女」が、主人公の「わたし」とその妻「ミホ」の前に姿をあらわす十章のこの場面は『死の棘』の死命を制している重要な場面であると指摘している点に注目したい。

さらに吉本は書く。

《主人公「トシオ」が「影」として象徴させ、浮かびあがらせている「女」は、優しく思い遣りのある稠密な雰囲気を滲ませた「女」である。だが島尾敏雄が描いている「女」は海千山千で、数人の男と同時に関係をもったくずれた「女」で、はじめのような電報で主人公「わたし」にそれまでの関係の代償を迫り、結婚せよ、責任を取れ、裁判にもち出すと隠微に脅かす存在である。(略)わたしたちはこの微かな異和感と矛盾をかかえたまま『死の棘』のいただきに立ち会わされているといってよいだろう。ここには『死の棘』のすべての問題が出尽くしているようにおもわれる》

この面についても吉本は、あくまでも「作品論」という枠組みをはずさないように表現を制限している。

ぼくに言わせれば島尾が描いた女は「優しく思い遣りのある稠密な雰囲気を滲ませた〈女〉で」あり、ミホが描いた女は「海千山千で、数人の男と同時に関係をもったくずれた〈女〉」で主人公に「関係の代償を迫り、結婚せよ、責任を取れ、裁判にもち出すと隠微に脅かす存在である」というふうになる。

だから読者は、しっくりいかない異和感と矛盾をかかえたまま『死の棘』のいただきである十章のその場面に立ち会わされていくのだとおもわれる。

吉本はすでに見通しているし、知りとおしていた。だから作品のかかえる矛盾や作品のかかえるすべての問題が出尽くしていると書いたのではないか。

吉本が指摘するようにこの場面は『死の棘』のすべての問題が出尽くしている場面だとおもわないわけにはいかない。夫婦で、訪問してきた女に暴力したのをうけて吉本はさらに次のように書く。

《主人公の「トシオ」はここで人間以上のことをした、とわたしたちの内面性は感じる。いや主人公は人間以上のことをしたと作者が書いてくれるはずだと感じるといってよい。「女」は主人公の「トシオ」がじぶんを叩くのをみてたんに「さげすんだ目つき」で視うるだけではない。新約書のイエスがペテロを視るように主人公「トシオ」を視うるはずである。主人公「トシオ」はペテロのように泣きうるはずである》

これはイエスが「鶏が二度鳴くまえに、おまえは三度わたしを否むだろう(マルコ伝)」といったのを思いだしてペテロが泣く場面を想定して書かれていると言っていい。

そして《「試みは幾重もの罠。」と書いている作者が新約書の、この場面を思い浮かべなかったはずがない》と『死の棘』の本質に迫っていった。(ちなみにつけくわえるが、島尾は一九五六年にカトリックの洗礼を受けたとき、その洗礼名がペテロであった)

つまり読者は、作品のなかに作者の罪障感をみていこうとするが、そこにはそんなものはない。あるのは記録性の文体だ。妻のいうままにトシオは女に手をかけるわけだが、このまま受け止めては作者にたいする侮辱だし、妻の言葉にしたがうことが発作をやわらげるからそうしたと受け止めるのも同じことであると書いている。

《「女」ははっきりとイエスがペテロに云うように主人公を指弾する。おまえはどうしてじっと視ているだけなのだ、いまおまえは二人の女を殺そうとしているのだ、というように。裁こうとしているのは「女」で、裁かれようとしているのは主人公の「トシオ」とその妻「ミホ」なのだと作者は描きたかったのに、文体の記録性がそれをさまたげているのだろうか。それとも主人公「トシオ」とその妻「ミホ」が二人協力して、脅迫がましい性悪「女」の所業を裁いているところを描きたかったのだが、文体が主人公たちのように興奮してくれなかったのだろうか》

吉本の指摘はすごいというべきである。しかし、彼自身は判断を保留している。作者・島尾の韜晦術に手をつけながら、戸惑いをみせ、逡巡し、やんわりと指摘している。いずれにしても「女」をイエスに、「トシオ」をペテロにたとえているのは、これまでのどの『死の棘』論にもなかったことだと言っていいのではないか。

すこし長くなるがついでだから「ヨハネによる福音書二十一ペテロ泣く」の詩篇をみておきたい。

《おまえは　わたしを愛してくれるかね　とシモン・ペテロにたずねたのは　復活のイエスだった　主よ　とペテロは驚いていった　わたしが　あなたを愛していることは　あなたがご存じじゃありませんか　だがイエスは　ふたたび問うた　シモンよ　おまえはわたしを　愛してくれるかね　わたしが　あなたを愛していることは　ご存じじゃありませんか　シモンよ　おまえは　わたしを　愛してくれるかね　ペテロは情けなくなった　くやしくなった　三度も同じことをきくなんて　あなたはわたしの心の中を　すっかりご存じのはずじゃありませんか　わたしがだれよりも　あなたを愛していることは　あなたの知っておられるとおりですよ！
　イエスは大きく　大きくうなずいてくれた　それで　ペテロは　ほっとした　やっと心がやすらいだ》

「シモンよ」といっているのが「シマオよ」といっているように聞こえるほどにも、吉本の指摘はすごい。となると十章のその場面はイエスが十字架にかけられるほどの悲惨さを女は体験したことになる。

　宗教の世界ではない、生活を守る市井の人の意識で八つ裂きにされているのは作者であるということを忘れてはならない。

しかしイエスがペテロを許したように実世界では女はシマオを許す。暴力をふるわれても訴え出ることをしなかった。刑事がすぐそばにいたにもかかわらずである。だが、本当に永遠に人間である女は島尾を許すだろうかとぼく自身が物語の世界に入っていく、そんな思いである。

家族の問題

新潮文庫版の『死の棘』に山本健吉が書いている解説をみていきたい。山本健吉に解説を書いてくれるよう嘱望、名指ししたのは島尾自身であったという。しかし、ぼくにいわせればミホの名指しだったのではないかということになる。

山本はかつて「崖のふち」にふれて次のように書いたと、この解説でいっている。

《これは女の、すさまじいばかりの美しさである。これも、作者が羞恥のはてに、つかみ出した妻の像の美しさと言えるだろう。(略)妻の真剣な美しさと「私」の恥ずべき狂言とが、対照されており、妻へのいとおしさと、自分の卑劣さに、彼は嗚咽を止めることができない》

その部分を読んだだけでも、妻ミホがことのほか美化されていることはわかる。作品はねらった照準をはずれないで伝わっているのだ。

そして「日を繋けて」にふれては次のように書いた。

《妻が回癒するまでの長い、不安とおびえの生活の一章であり、もう数年にわたって作者はその一こま一こまを発表しつづけ、いまだに終わっていない。（略）女性の狂いは、日本文学では昔から美しく描き出されてきているが、これは現代文学におけるその珍しい新種なのである。小説というより詩、むしろ音楽的で、旋律に富んでいる》

山本自身、以前にそのような文章を書いたから自分が文庫本の解説者に指名されたのであろうとしているが、さらに次のようにも書きとめた。

《私はさきに、作者島尾氏の要請によってと書いたが、そう言っては間違いかも知れない。むしろ作中人物である、ミホとトシオとの要請によって、と言うべきなのかも知れない》

《私はあえて、島尾氏と島尾夫人とは言わず、ミホとトシオという》

山本健吉はあえてミホを優先させ、作品を優先させる考えも示した。

ただ、事実関係で山本は誤認したまま解説を書いている箇所がある。これは、島尾が妻との事件を作品化しようとしたのは昭和三十一年のカトリックの洗礼をうけた年で、『死の棘』として主題を見定めたのは《昭和三十五年に到ってからである。すなわち、ミホ夫人が予後を南島に送っていた時代である。描かれた夫人の病いはすでに過去のことであり、回癒した夫人の魂を、ふたたび騒立つことのないように、静かに見守り、またいたわりあい》ながら執筆されたと認識されている。しかし、事実はミホの病いはなおも、続いていた。

島尾はすでに精神をずたずたにされ、家庭的には、ミホの軍門にくだり、ミホの統制下にあったのだとぼくは認識する。ひにくな表現をすれば、かつての軍神（精神）がいつのまにか、島の祝女（演技）に支配されたのである。

生活的には、金銭以外の支配権はほとんどミホに移っていた。あの事件を契機に生活の図式が逆転したのであった。

さて、最後の引用となるが、私は『島尾敏雄』「死の棘」論で次のように書いた。

《この『死の棘』は、戦後意識の終息する時期に重なって出てきたと前に言ったが、まさにそれに続くように「第三の新人グループ」庄野潤三が『夕べの雲（昭和三十九年）』を、小島信夫が『抱擁家族（昭和四十年）』を、さらにこれらの作品を問題にして江藤淳が『成熟と喪失—母の崩壊』を世に問うた。また、すぐれて思索的に往還の論理を組みたてた芹沢俊介が一連の家族論を展開している。私はやはりこの先に『死の棘』はそびえているのだと思っているのである》

と書きつつ、江藤淳の『成熟と喪失—母の崩壊』から、これこそ『死の棘』の解説ではないかとして、その部分を紹介しているので、そこを再引用して、この稿を閉めたい。つまり、ここで「抱擁家族」とあるのを「死の棘」に、「小島」とあるのは「島尾」に、「俊介」とあるのは「トシオ」におきかえて読んで欲しいということである。

《「抱擁家族」を読み進むうちに、わたしは幾度か大正五年にかかれた夏目漱石の家庭小説の傑作「明暗」を思った。「明暗」の登場人物たちは、みな自分の役割を自覚した倫理的、知的な人物ばかりであるが、「抱擁家族」の人物たちは、ついに自分がどういう役割を演じているのかわからずじまいの気違いじみた人物たちである。作者の資質の違いもさることながら、この二作の間に、現代の日本人が喪失した何ものかが隠されているといっても、誤りではあるまい。

小島氏は、だからある意味では漱石の場合よりはるかに小説にしにくい材料をあつかっている。それが成功しているのは、主人公の俊介の妻を想う夫の「姿勢」を一貫させているからであろう。この設定が「抱擁家族」の切なさ、美しさを生んでいる原因だと思う。小島氏は、何かがかけている氏の人物たちを描ききることによって、どこかで同じ欠落を共有している現代日本を批判しているのである》

そして、わたしは次のようにも書いた。

《島尾が展開した『死の棘』の過程を人は通らないにしろ、『死の棘』の内容を通って生存している。時代現象としてこの作品の意味を取り出せば、昭和三十五年（一九六〇年）以降の戦後社会を象徴したということだ。江藤淳の言葉をかりれば、社会的には「父親の崩壊＝女権の拡大」である。妻に振りまわされている「私」の像を追えば、それがよくわかる。

『死の棘』が社会的環境から切れて存在していたのではないと言ったのはそのためである。あるいは、文学的流れから言っても、文壇的に「第三の新人」といわれた作家たちはなぜか「家族」の方向に表現の舞台を移していっているのである。彼らは家族関係といったも

のが戦争で崩壊させられていく時期に青春期をおくったということと無関係でないような気がする》

さて、もともとこの「『死の棘』の愛人」の文章を書くきっかけをいえば、はるか以前に『島尾敏雄』論を著わしたものの、内容が内容だけにまったく相手にされなかったため、そのあたりを今いちど、自分自身の目で確認してみようという思いがあったからであった。

当時は歯牙にもかけられなかったが、今ではわかってもらえるのではないかとおもっているのだが、はたしてどうであろうか。

それから三島由紀夫賞を受賞した東浩紀が受賞の弁で「もうひとりのぼく」が存在することを語った時は目を見張った。「ぼくはそのもうひとりのぼくの人生こそが本当の人生だったかもしれない」と彼は言ったのであった。

ぼくらの現在というのは、多くの偶然が集積して至った、いわば偶然と偶然の堆積のようなものである。両親、時代、職業、友人も絶対的偶然の関係でぼく自身にせまってきたのだ。

親や時代は選ぶことが出来ないのは当然で「如是知見」と釈迦言語を使ってもいいが、選ぼうとしたが、ある事情で選べなかった、こっちのほうを選んでいたら「今とは違うぼく」が存在していただろうということである。

自分自身に照らし合わせてもいいが、島尾について書いているので、島尾をひとりの優れた小説家として見た場合のこととして、どうしても頭をよぎった。

島尾がある女性に対して「夫婦ってどうしてこうも束縛するのか、どうしてそんな資格があるのか不思議なものだね」と言ったという。そのことと照らし合わせてみて、「偶然」というものと別の道を選べば、今とは別の自分になっていたという、むこうを選ばず、こっちを選んだがゆえに「消されたもうひとりのぼく」とのことがどうも体から離れそうもないのである。

『死の棘』と『死の棘日記』

『死の棘日記』を検証する

第一章「離脱」の場合

1

島尾敏雄の小説の手法は小説の前段に日記や、まめに記録されたメモ類が手元にあるということである。

その日記やメモに書かれた内容を独特な文体でふくらませて小説にしあげていく。そして読み手はその手法のみごとさ、描写力、表現力の圧倒的すごさに舌をまいてしまう。

日記やメモ類を下敷きにすると小説じたいが「軽く」「平板」になるとおもわれるが、『死の棘』の場合、体験が重たく変化に富んでいるため、そうは感じさせない。

つまり、あつかっているテーマが重いということ、文体がひよわではない、しっかりした表現力にささえられているということで、そう感じさせるのかも知れない。

『死の棘』を読み始めた当時、日記はすべてミホによって廃棄されたのだろうとおもいつつも、しかしいくつかは残っているはずだとおもっていた。それが『「死の棘」日記』（以下『日記』とする）というかたちで発表されたため、関心はそこにむかったのであった。

そのとき、島尾はすでに亡くなっていて、妻ミホによって発表されることになったということから、内容のいくつかは制限、検閲が加えられるであろうことは想像された。そうであれば、それは丹念に検証されなければならない。多くの島尾ファンがそのようにおもうであろうように、ぼくもおもった。まず、小説『死の棘』の第一章、「離脱」からみていきたい。「離脱」は次のような文章ではじめられた。

《私たちはその晩からかやをつるのをやめた。どうしてか蚊がいなくなった。妻もぼくも三晩も眠っていない。そんなことが可能かどうかわからない。少しは気がつかず眠ったのかもしれないが眠った記憶はない》

センテンスがみじかく、歯切れがいい、きざむようないい文体だ。文体に魅せられて、もう少しだけ引用をすすめたい。

《十一月には家を出て十二月には自殺するそれがあなたの運命だったと妻はへんな確信を持っている。「あなたは必ずそうなりました」と妻は言う。でもそれよりいくらか早く、審きは夏の日の終わりにやってきた。》

この出だしの文章を読むと、何となく太宰治の『晩年』の一節を思い出す。次のようなものだ。

《死のうと思っていた。今年の正月。よそから着物を一反もらった。お年玉としてである。鼠色のこまかい縞目《しまめ》が織りこめられていた。これは夏に着る着物であろう。夏まで生きようと決めた。》

軽さと重さの違いはあるもののへんな確信、へんな自己執着、文体の張り、曖昧さの残る自己放棄の感覚が似ている。確乎とした死への思いがあるわけではなく、ぼんやり判断を時間の流れにゆだねる「へん」な部分が似ているのだ。

あるいはミホには、十二月に自殺した久坂葉子、一月に自殺とおぼしい死に方をした矢山哲治のイメージがついてまわったのかも知れない。

この文章の基になった『日記』に、この部分はどう書かれていたか、ということは気になるところだ。つまり『日記』は、そもそもどのような文章で始められたかということである。

《昭和二十九年九月三十日

この晩より蚊帳つらぬ》

そして、翌十月一日、翌々日の十月二日は日付のみ記載されて文字は一切かかれず、空白になっている。三日には次のような記載がある。

《午前父〔註　敏雄の父四郎。当時神戸三宮に住む。六十四歳〕神戸へ帰る。二日夜よりミホと子供たちも共に。ミホ気がふれそうになり、台所板の間で水をぶっかけ頬をうち治る。(頭が鉄釜のようになった時の話、鉄路を枕に列車の来るのを待った時の話)》

いきなり、「あれ!」とおもう。この場面は不思議ではないか、とおもわないわけにはいかないのだ。

ぼくなどは、小説の書き出しは『日記』の書き出しと同じ日のできごとであろうとおもっている。しかしどうも、そうではないかのごとき文章にさえおもえてくるのである。小説では家の中は嵐だが、日記ではそうでもないのだ。

『日記』を単純に解釈すると、十月三日には父四郎は神戸に帰っていることになる。午前とあるから、おそらく一泊ぐらいはしたのではなかろうか。あるいは、一日、二日とも日記が空白になっているのは、四郎が家にいたからかもしれない。あるいは、この部分はミホによって削除されたのかもしれない。

三日といえば、小説ではトシオはミホの死の糾問にあっていたころである。ところが、日記ではミホ、気がふれそうになったので台所の板の間で、頬に水をかけると治ったと書かれているだけである。地獄の拷問も、死の糾問もない、少々さざなみが立ったていどの普通の生活の流れしか感じさせない。

四日には、午前市川小学校を休職していた石川邦夫宅にいき、エルンスト（おそらくダリ風のシュールリアリスト、マックス・エンスト）の画集を借りてくる。ここで石川といわれているのは、教員で絵などを描いたりし、美術展にも絵画を出品したりしている画家志望の人である。

画集を借りてくるまではいいが、次がわからない。新潮社は当初、次のように紹介した。（「死の棘日記」の広告用の引用。インターネットからも見ることができる。）

《十月四日　気温二一・七度〔午後〕　風あり
午前、石川邦夫の所を訪れる、石川君休職（市川小学校）の事情、エルンストの画集借りて帰る、（一時頃）ミホ着物を着て迎いにやって来る。》

つまり、新潮社の新刊広告では「（一時頃）ミホ着物を着て迎いにやって来る」とされていたのが、発表された『日記』では「（一時頃）ミホ琉球紬の着物を着て迎いにやって来る」になっている。

大島紬ではなく、なぜ琉球紬なのか。小説ではどうなっているかというと「よそ行きの藍染大島の着物」となっている。

ぼくが言いたいのは、『日記』には何らかの形で手がいれられているということである。それをこれから検証していきたいということだ。

次にわからないのは、『日記』でそのあとに書かれた「午後事件の限定、トドメ、爾後の処理の話し合い、ミホ、ぼくに万年筆を新調する」というあたりだ。急に抽象絵画をしめされたような戸惑いがでてくる。

ついでに紹介すると、新潮社は広告文に次のような文章も入れていた。

《【編集部註】故島尾敏雄は、少年時代から没する数日前まで、七十年に及ぶ克明な日記をつけていた。ミホ未亡人の許可を得て、編集部が数十箱のダンボール箱を開封、全日記のコピーをしたのが、平成九年八月と九月。うち、昭和二十年六月から敗戦を挟んで九月までを「加計呂麻島敗戦日記」として、また昭和三十年一月から十二月までは「『死の棘』日記」として小誌に掲載したが、今回発表するのは、それに先立つ三カ月間の日記である。周知のように「死の棘」は「私たちはその晩からかやをつるのをやめた。」という一行から書き起こされており、これでもって「『死の棘』日記」は全てが公開されたことになる。なお、単行本「『死の棘』日記」は、以上にミホ夫人と長女マヤさんの書き下ろし手記を加えて、本年夏小社より刊行の予定。》

そして期待されて同著は発行されたのであった。

2

日記は、そもそも発表することを前提にして書かれていないから、飛躍があったり、他人には曖昧にみえたりするところがあることはわかる。ところが読んでいて不思議だとおもったのは、その「静けさ」であった。では日記からその部分を見てみよう。

《午前、石川邦夫の所を訪れる、石川君休職（市川小学校）の事情、エルンストの画集借りて帰る、（一時頃）ミホ琉球紬の着物を着て迎いにやって来る。

午後事件の限定、トドメ、爾後の処理の話し合い、ミホ、ぼくに万年筆を新調する。》

小説では「嵐の中」だが、日常をしるした『日記』はたんたんとしているのだ。そして「午後事件の限定」とは何だろう。「トドメ」とは何だろう。「爾後の処理の話し合い」とは何だろう、などと次から次へと疑問が出てくる。

爾後の処理が『死の棘』十章「日を繋けて」の事件後のことならわかるが、その部分はそうではない。だが、よくよく『死の棘』を読むと当座の嵐は三日間だけで、その三日間の出来事が「事件」なのだといえばわからないわけでもない。

「ほんとうにこころから改心するのなら、あたし、もうしばらく考えさせてもらいます。そのかわり、今までの女との関係をつづけないこと、自殺はぜったいにしないこと、こどもの養育に責任をもつこと、それが誓えるかしら?」と言い「誓います」と言わせしめ、さらに「ほんとうよね」と念押しをされ、落ち着くところに落ち着いた。それが「……爾後の処理の話し合い」なのであろうか。

また、『死の棘』では、疲れがたまって「自分の仕事場のベッドでつい」眠ってしまい、目覚めると妻の姿がなく不安をおぼえるトシオの前に二人の子供の手を引いて、よそ行きの藍染大島の着物を着た妻があらわれる場面がある。

《「ああびっくりした。逃げてしまったのかと思った」と自分でも意外なほど屈託ない声が出たが、妻はそれに応ずるようににこりと笑顔をつくった。すると、私の血管を、雪どけの小川のように何かがぐぐっと流れて通った。

「だいじょうぶ」とその笑顔を消さずに仕事部屋に入ってくると、妻は「おとうさん」と、こどもにならって使っていた呼びかけにもどり、「あたしおねがいがあるの、今までの万年筆と下着をみんな捨ててくださいね。見ているのがいやだから。そのかわり、はいっ」と新しい万年筆を私に示す。》

この場面について、推理をのばせば次のようになる。島尾は午前、石川邦夫を訪問し休職の事情など聞いているうちに、これまでの疲労が出てつい眠ってしまった。午後一時ごろ、よそ行きの着物を着た妻がこどもの手をひいて石川宅にやってきた。突然の目覚めで、島尾は妻子が家を出て行く覚悟を決めたと思い込んであわてるが、妻は笑顔をつくっている。そのまま石川からエルンストの画集を借りて家にもどると、妻は万年筆をプレゼントしてくれた—と。

なぜ、こう推理するかというと、『日記』では石川の家に行ったのは四日のことで、翌日の五日の日記に「午後はじめて、ベッドで午睡」とあるからだ。

しかし小説では着物を着て、万年筆を新調したのは前日の四日であり、トシオは「自分の仕事部屋のベッドでついうとうとした」のであった。「はじめて、ベッドで午睡」ということは通じないことになるのである。

十月七日の日記も奇妙だ。六日にミホがみた夢として書かれている。「二人で水道橋に行くと女が来ている。ぼくが会わないことにしようと言うと、女は黙って別れないではっきり言ってから別れてくれ、という、ミホが、色々話し合えばどちらも苦しむだけだから、何も言わずに別れたほうがいいと言い、持ってきたケーキの箱を広げて、これをたべましょうと言うと女はどれにしようかと迷っている様子」というもの。

これについて小説では、次のように書かれている。

《「あたし夢を見たの」と、その筋道をいきなりはなしだしたが、きかされる私にはすでに恐怖が湧きでている。―妻と私のふたりで水道橋に行くと、女はひとあし先に来ている。私がもう会わないようにしようと言うと、ことわりなしに別れないでそれならそうとはっきり言ってから別れてほしいと女が言う。妻がなかにはいり、いろいろはなし合えばどちらも苦しむだけだから、何も言わずに別れたほうがいいと、持ってきた菓子箱を広げ、これでも食べましょうというと、女はどれにしたらいいか迷っていた―》

小説は六年後に書かれているが、六年という歳月も、小説と日記というジャンルの相違も感じさせない。そのまま日記に「即している」という感じなのだ。

そのジャンルの違いを、アマゾンの奥地の未開部落に住む人たちを映した映画の描写で読者は感じさせられたのである。

日記では、ブラジル奥地のシャヴァンテス族に関する「原始林の裸族」という映画というふうになぞる程度にしか書かれていないが、小説では映画名こそ記述されていないものの、内容はふかく説明されている。

誰もが日記にくらべて小説はやはり違うとおもうはずである。映画に夢中になり、帰りがおそくなったので、日記では「とこのしき方」がかわっている。

《伸三が、おとうさん、夜あんまりおそくなると、お母さんがキチガイになって家を出て行っちゃうよ、ぼうやもニャンコとくっついていっちゃうよ、と言い、マヤはオトウサン、ウソックト、ヒッパタイチャウカラ、という。》

この部分が小説では次のようになる。

《「ごめんなさい。おそくなっちゃった。すんで外に出たら、もうくらくなっているので、びっくりして走ってきた」といきを切らせて言っても、妻はだまっている。この暗い顔つきは家じゅうを凍りつかせる。私はひとりではしゃいで、食卓につき、「あ、ごちそうだな、すまん、すまん、さあ、食べよう」ときもちをほどこうとすると、伸一がにこりともしないで、

「お父さん、夜あんまりおそくなると、おかあさんがきちがいになって、うちを出て行っちゃうよ」と言ったのだ。「ちがう、ちがう、ぼうや。おとうさんは映画を見てきたんだよ。おかあさんが見てきてもいいいて言ったんだよ。ほら、ふみきりの向うにあるだろう。あそこでアマゾン河のおくのどじんの（と言って少しひるみ）実写を見てきたんだよ。」といっしょうけんめい弁解した。だまって食い入るように私を見ていたマヤも言った。「オトウシャン、ウショックト、シッパタイチャウカラ」》

くわしく書きこまれている。本当に映画だけでそれだけ時間がかかったのだろうか、そのほかに何かあったのではなかろうかと疑いをもたせるほどにもくわしく、しかもたじろぎながら説明している。

前のものは、夢だからとかたづけてしまえばそうも受けとれるが、やはりぼくには異様に映った。

第二章「死の棘」の場合

1

第二章は次のような文章で始まる。

《次の日気がつくと、故障してずっと止まっていた机の上の目ざまし時計が、動いている。機械もいじらなかったし、衝撃を与えたわけでもないので、なぜ動くようになったのか、わからない》

この書き出しは第一章「離脱」の書き出しとどこか雰囲気が似ている。「私たちはその晩からかやをつるのをやめた。どうしてか蚊がいなくなった。妻もぼくも三晩も眠っていない。そんなことが可能かどうかわからない。少しは気がつかず眠ったのかもしれないが眠った記憶はない」。

このふたつはどうも、おなじ空気がながれているとみていいのではなかろうか。はっきりしているのは「時計が動き出した」ということと「蚊がいなくなった」ということ。しかし、その事実を裏付ける確証はかくれされたままである。

「何故だろう」という疑問をはさむ空間をこしらえて、風の道をつくっている。読者は、ここに想像を、差し入れることができるのである。これはすでに島尾文学の特徴のひとつである。しかし、実際は、時計は止まりがちではあったが、完全に止まっていたわけではなかった。十月八日の日記には次のように書かれている。

《夏は去ってしまったという寂寥。食欲は旺盛である。とまりがちであった時計が少しもとまらずに動いている、机の上を片附けた日から》

この部分はどちらかというと第一章「離脱」の部分に属する記述だが、二章の冒頭に使われた。二章は昭和二十九年十月九日の日記からはじまるということになる。まず、その部分を見てみよう。

「午前「知性」編集部を訪ねる。眞鍋呉夫と会う。吉行淳之介を訪う。小島信夫、庄野潤三も来る。四時辞す。帰宅するとミホ不在。暗くなって石川邦夫に来て貰う。ミホを探しに出る。ミホは十二時五五分の電車で帰宅。石川君に帰ってもらい夜を徹す」（注・読みやすいようにかぎカッコや句読点などを入れた）。

この、わずかな文章が小説では、作品の大半を占めて細密に描写される。「眞鍋呉夫と会う」から「ミホ不在」にいたり「石川君に帰ってもらい夜を徹す」という部分までのことが長く描写されるのだ。なかでも夜を徹しての糾問が針のようにトシオを責めたて、それがえんえんとつづく。

第一章の糾明は、日記をみたことによる、ある種の衝動がなさしめたとおもわれるが、その日の夜を徹しておこなわれた糾問は何だろう。日記には書かれていないが、やはり「女」との何らかの交渉を知ったためとしか考えられない。

トシオが考えるように「二時に帰宅する（それも言ったかどうか、はっきりしないとのことだが）」といったことを守らなかっただけで、これだけ感情をたかぶらせてしまうとも考えにくいのである。

ミホはおそらくトシオが外出するや、あとをつけていたのではないか。妻の病いは日記を読んだために発生したといわれたりするが、夫の浮気についてミホは、早い段階からすでに知っていた。

『死の棘』だけを読んだ読者は、日記はその日はじめてミホに読まれたような錯覚を抱かれるだろうが、また、島尾の浮気はその日記ではじめてミホは知ることになったかのようにおもわれるだろうが、事実はそうでなかった。

「死の棘」でもそのことは、はっきり書かれている。つまり、ミホは、探偵を使って夫の行動を調査し、それだけでは足りず、みずからあとをつけて調べつくしていたのである。糾問の強さはそこにある。ちゃんと調べはついているのであり、トシオはこの論戦に勝ち目はなかったのである。

作品では、そのことが次のようにいわれ、あるいは書かれる。

《「また、うそをつく。じゃ、あたしが教えてあげましょうか。そうすると、忘れていたと言うんでしょう。あたしはね、すっかりしらべてあるんですよ。その女のことだって。あるひとにたのんで七万円も使ってしらべさせたの。その調書を焼いてしまっておしいことをした。あなたは本気にしないでしょうけど、あいつは、おそろしい女ですよ。あなた

には、はたちぐらいのうぶな娘のように見えたでしょうけどね」》

《女に会わぬことを誓え、ちかえ、ちかえ、と言って誓わせ、すずりに水を入れて持ってきて、墨字で誓書を取ってから拇印をつかせ、また新しく出てきたギモンだと思うことを責めて答えさせたあと、夫が女に近づいた当初からそのことを感づき、探偵社を利用し、その連絡で尾行もし、時には自分で夫が泊まりこんでいる女の家の床下に夜を明かし、そのグループの仲間を尋ね歩いて、夫や女についてのかげ口やうわさやさげすみをきき集め、事件のすがたを妻自身の目と耳で、はっきりつかんだのだと言った》

この情景をおもいうかべるとおそろしくなる。女の家の床下にもぐりこんで、夜が明けるまでじっとしているというのが、もし本当なら身の毛がよだつというおもいだ。あるいは蛇がとぐろをまいて、耳をそば立てている情景。愛は極限までいっている。「狂気」としかいいようがない。

トシオや女に問題がないとはいわない。しかし、妻のあまりの毒々しさが気になるのだ。しかし妻は、女は、はたちぐらいの小娘ではなく、おそろしい女だと印象付けようと懸命である。たしかに「現在の会」にはいっているということは、かなり文学にかぶれているはずだし、当時としては「飛んでいる女性」であったかもしれない。

だが、ミホが印象付けようとしているような、そんなおそろしい女ではなかったであろうことは、作品がすでに証明していると言っていいのである。

2

日記には次のように書かれた。

《朝、本当にミホを愛したのはジュウとアンマの二人だけ、ジュウとアンマ迎いに来てください、ジュウとアンマのそばに行きたいとミホ泣く。伸三のオ母サンが死んだという夢。ぼくの心の究明、日記の文句の究明。右頬平手うちを受け、ぼくは箪笥に頭をぶつけて突入。伸三もマヤもみている。「ミホおなかがすいた」と。宿命というようなことについて語り合う（十月二十五日）》

この部分も小説になると微妙に変化していく。日記ではミホを愛したのはジュウとアンマだけ、となっているが、小説ではミホが愛したのはジュウとアンマだけ、というふうになる。

「ミホおなかがすいた」というのも、日記の場合、突然書き出されているため不可解の箇所になるが、小説ではちゃんと形をあたえられている。

《あたしがこの世のなかでほんとうに愛することができたのは、ジュウ(妻は自分の父を方言でそう言った)とアンマ(母の方言)のふたりだけだったかもわからない。そう言うと妻はひとしきり身も世もないほどに泣いた》

「妻はひとしきり身も世もないほどに泣いた」とされているが、どのようになのか、小説では具体的に書かれているわけではない。おそらく日記で書かれているように「ジュウとアンマ迎いに来てください、ジュウとアンマのそばに行きたい」と何度も叫びながら泣いたのであろうことは、日記と照らし合わせると、何となくイメージできる。

そして、小説は次のようにすすむ。

《妻は物ごころついてからその年老いた両親から、叱られた記憶がないと言った。私は妻の泣くすがたを見て、両親から捧げるように愛撫して育てられた、たったひとりの大事な娘を、古里の島の不自由のない境涯から無理に連れ出し、東京の片隅のやせた貧しい生活のなかに放置して、絶望させたのだと思わないわけにはいかない》

これを見て、こっちもまた思わないわけにはいかない。本当に「古里の島の不自由のない境涯から無理に連れ出し」てきたのであっただろうか、と。「東京の片隅のやせた貧しい生活のなかに放置して、絶望させた」のはそのとおりだと思う。

しかし、前段を考えるに「知の暮らし」に向かっていきたいミホにとって、むしろ島での生活それ自体がすでに不自由そのものであったのではないかと思ったりもするのだ。加計呂麻の押角という村落にミホがずっと耐えて住み着けるとは思えない。

《「あなたは日記に、なんとかが守りきれず妻にどうとかと書いたでしょう？　それはどういう意味？」

ときくので、そんなことは書くはずもないし、また書いた覚えがないと返事すると、たんすの引き出しに鍵をかけてしまっていた私の日記を持ってきてその箇所を示すので、見ると私の字でまぎれもなくそう書いてあるが、そのときと今のきもちがちぐはぐで結びつかず、自分の確かな行為も忘れて否定していることに、おそろしくなる。ふた言三言、その弁解をしかけると、平手打ちを受けた。今度は前にこりて打ちかえさなかったが、私は血迷い、いきなりたんすに頭を持っていってぶつけた。にぶい音がして頭のなかいっぱい

に痛みが広がった。もう一度ぶつけようと思い、すさって身構えると、妻が、

「ばかなことをするのはやめなさい？」

と叫んでからみついてき、しばらくもみ合っているうち、荒々しい気分にとらわれ、ふたりは抱き合った。気合いがそがれ、どちらも相手の顔が見られないようなきもちでいると、こどもらが疲れて帰ってきて、親たちの休止のようすを見ておなかがすいたと言う。（略）

「あたし、おなかがすいたわ」

と妻がぽつりと言ったので、私もこどももいっぺんに生きかえったようになり、伸一とマヤは、

「笑った、笑った、おかあさんが笑った！」

と部屋のなかをとびまわる》

日記でわずか六行のことが、こうしてくわしく描写されていく。「日記の文句の究明」とはこのことだなとは理解できるが、しかし小説でも「なんとかが守りきれず妻にどうとか」と書かれているだけで本当の意味はわからない。しかし、読む側には何の抵抗もなく受け入れられていく。

違いが出ている点は、日記では箪笥に頭をぶつけていく嵐の状態をこどもたちは見ているこ

とになっているが、小説では嵐が去りかけたころ、子どもたちは遊びの世界から帰ってきて「おなかがすいた」と言う。重なるようにミホも「あたし、おなかがすいたわ」といって笑う。子どもたちの「笑った、笑った、おかあさんが笑った！」というよろこびの声が開放感をあたえる。

つけ加えると「ミホおなかがすいた」という日記の文章では「ミホが、おなかがすいたと言った」ということになるが、その前に子どもたちが言っているのである。ここでも、子どもたちの発する言葉が無視されている。

第三章「崖のふち」の場合

1

第三章「崖のふち」は次のような書き出しではじまる。

《きちがいを装うことを私は覚えてきた。それはひどくみにくいが、妻が発作を起こすと、

《それをしないではいられなくなる》

ぼくたち読み手は最初から、「夫は自殺する」かもしれないという妻の妄想と、「妻は逃げだす」かもしれないという夫の妄想につきあわされてきた。

この章では、夫が「きちがいを装う」ことを身につけたというところから始まっている。この章を特徴付けている書き出しだといえる。これまでも何度か実践し、すでに身についてしまった演技だが、演技半分、真剣半分のぎりぎりの境界線で、しかも意識的に「きちがいを装う」ことをこころみていく。

具体的に言うとこうだ。前章の「死の棘」で、箪笥に頭をぶつける夫に「ばかなことをするのはやめなさい？」と叫んで妻がだきついてきたので、もつれあったまま休戦状態にはいったという記憶がトシオにはある。その行為を一歩すすめて、「きちがい」を装う方法を取得したのである。

島尾はこの章で崖っぷちという場面設定をしている。考えようによっては重要な章だ。他の章は重要でないと言っているのではない。小説の構成上、そういうことはありえない。ただ「状況の淵」のみならず「考えの淵」といった「淀んだ淵」をえがいている意味で、この章はきわだっているのだ。

ここで「とげのない人生のほうに行ってみたいのに、妻にかげりが来て、過去があばかれはじめると、どうにもがまんができなくなる」のだと書く。

《成り立たない場所に追いつめられ、それがくりかえされているうち私は気のちがったまねをすることを覚えてしまった。(略) そんなに追いつめて夫が気がちがってしまえば、彼女自身にとってもぐあいの悪いことに気づいてくれるかもわからない。そんなあとさきの思慮を別にしても、受け答えができなくてたんすや障子に頭をぶつけてさわいだときに、こころなしか妻にひるみが見えた。だからもう少しその行為を本気に押し進めれば、妻はすべてをゆるして休戦の態度に出てくるかもしれない》

この文章がしめすように、トシオは一種のかけひきに出ることを覚えたのである。酒飲みの仲間と飲むとき、酔っていない人が酔っている人の面倒をみなければならないので、いちはやく酔った振りでもしてみるという、あの手である。

そして島尾は自らの立場や考えが清書する妻には伝わらないようなかたちで次のように書く。「おとずれてくる一日一日に地獄図がかさねられていると思うが、それは或るにんげんが責め場でひとつの拷問に向かい合い、それに堪えている、といえるものでもなく、またひとりきりで審かれる状態が与えられているのでもない。私が審かれている場所は、すべてのきずなから切りはなされてではなく、妻とこどもふたりの日常をかかえこんだところだ」。ここで、あきらかに島尾は韜晦している。

ここで本当に書きたかったのは、一日一日が毎日地獄図の世界のなかにあるが、それは「或る人間がというより私自身が責め場で拷問を受け、それに堪えているからではない」、「ひとりきりでさばかれつづけているからでもない」、それは「妻とこどもふたりの日常を抱え込んでしまっているからである」と。

これが、突拍子もないむかしの思い出にかさなっていく。島尾はここで、ふと「未来の充実した生活」にむかうはずであったことを考えていた幼いときの自分の像に思いをはせる。これはすでに、後戻りのきかない、すでにすさってしまった遠い日になっている。そして「いつのまに自分は袋小路にはいりこんできたのだったか」と自問する。

「渚に押しよせる波のように襲ってくるのは、ハメツ、ハメツときこえてくるくりかえしだ」と感じる。

この文章も特異といえば特異である。

《毒をあおぐことが私に残された唯一の方法かもわからない。だが、青酸カリはいやだから、おそらく睡眠剤を少しずつ買い集めて、いっぺんに飲むことにするだろう。それはちょっと誘惑的だし、もしかしたら私にもできそうだ。その気になれば自分にもできそうな自殺の方法が留保されていることは、私を落ち着いた気持ちにさせた。ダマスナ、アタシガアナタノソバニイテイイノカ、ソレハホンシンカ、と指を指してこころの底をのぞきこんでくる妻の目つきに取りまかれていると、私はこうしていることがホンシンかイツワリかわからなくなり、あげくの果てに、毒をあおいで死ぬことは、自分の人生の結末としては適当な幕切れになると考えたがっているようにも思う》

この文章を差し出されると、まず太宰治の像が思い出される。いや、十一月には家を出て十二月には自殺するという文章から、そのイメージはついてまわった。戦後、「人間失格」とか「斜陽」という衝撃的な小説が発表されると、おそらく国自体の抱える破滅的状況と自らの内面を照射する鏡を手にしていたはずである。「国も人間もこんなにもよわいものなのか」という解答の得られない呪縛を感じ取っていたのではないか。

戦時中を狂気といっていいのかどうかわからないが、目的の定まらない方向に多くの人々が歩まされていた状況を狂気というなら、戦後は内面的狂気をかかえないと生きていけない、そんな場所に島尾は立っていた。

戦時中の内面をずっと引きずっているミホにとっては自然な行為でも、島尾には一種の演出性が求められた。この文章はまた、後にやってくる女からの脅迫文をも連想させる。「ダマスナ、アタシガアナタノソバニイテイイノカ、ソレハホンシンカ」。この箇所をそのまま女から来た脅迫の言葉としてもまったく不自然さはない。島尾が韜晦の手段として意識的にこの言葉を前段に投げ込んでおいたといっても、それはそれで理解できそうだ。

その後の文章で島尾は「こうしていることがホンシンかイツワリかわからなくなり、あげくの果てに、毒をあおいで死ぬことは、自分の人生の結末としては適当な幕切れになる」というふうに結び付けていく。

「ホンシンかイツワリかわからなくな」っていく錯綜した現実にトシオは立っている。このカタカナ文字も変だ。だが、そのあたりのことが『日記』にはない。『日記』にはないといえば、次の文章もない。

《「……あたしはもうもとにもどれるかどうかじぶんでも自信がもてない。あなた、ほんとうはあたしのからだに興味がないのでしょう?」

と言ったあとからすぐあなたはあたしたちをとっくに戸籍から抜いてしまっているのにちがいないと疑ってくる。そして私のところにくるために約束を破った彼女の婚約者のことを言い出し、夢中になって好かれたそのマサアキさんに会って、「あなたといっしょになったほうが幸福だった」と告げてしみじみと泣きたいと言う》

この文章は、わりと重要な意味をもつ文章である。出自とか、家系とか重大な意味を持つ文章は、ことごとく日記から消されているであろうから、目をさらにして何らかの手がかりを見つけ出さなければならない。

2

『死の棘』でときどき顔を出す潤子さんは従妹と表記されている。潤子さんは島尾が夜間、週二回教鞭をとっている高校（向丘高校）の校長の娘である。その校長は作品ではウジッカ（日記ではウジックヮ）と出てくる長田広のこと。長田広の妻が『奄美女性史』の著者である長田須磨だ。

また、従妹として出てくるK子は林和子で彼女の母は林春子（ハル）。日記で長田広は叔父とあるからミホの父の弟にあたり、林春子は叔母とあるから母の妹ということになろう。

ミホは大和村の豪族、太家《ふとり》の血をひく長田家に生まれたが、母を早くに亡くし、父が再婚しため、その異母と合わず、父の姉が嫁いだ大平文一郎のもとに養子としてだされた。しかし当時、門中内での結婚しか許されなかったため、すでにミホには許婚者がいた。『死の棘』ではマサアキさんと言われる人がその人であろう。

ここではおそらくそのことが言われている、重要な場面だから当然、日記にも書かれているであろうがそれがない。いや、手がかりといえば、次のような文章は「日記」のなかに回想風にではあるが、たしかにある。

《(昼間ミホはしみじみ、女は夢中になって愛された人の所に行った方が結局は幸福かも分からない、一所懸命愛したということが、ふっとさびしい。この人が身命にかけてただ一人と思って愛した人なのかしら、とぼくを眺めたり)(十一月三日)》

これは、島尾が奄美の歴史や出自に関心を持ち、ウジッカのところにある「喜志統」の子孫の系図を調べ、「ミホの父系にも母系にも喜志統の血がはいっている」としたためたあたりにあるから、それは十分な糸口になる。

しかし、熱心に喜志統の系図を調べているにしては、他の文章にそのことがあらわれないのは不思議である。制止されたと思わないわけにはいかない。強いて言うと『名瀬だより』のなかの「町の人々と背後の歴史」のなかで次のように書かれているあたりか。

《その当時、奄美の島々は、政治的にはオオヤコ（大屋子または大親の字をあてている）職が、そしてまた南島一般に根強い宗教的な日常生活の規制のためにノロ職が、それぞれ琉球王国の首里から任命されて、支配的な地位を持っていたと考えられる。しかし、それぞれの行政区分に応じた何人かのオオヤコとノロは、多くの場合分かちがたく結合していたふしがあり、実際には女性で巫術者的なノロとオオヤコとは同じ家系に属していた形跡がみとめられ、どちらもほぼ世襲に近いかたちがとられていたようだ》

ようするに、奄美では四系統の氏族（オオヤコ）が分かちがたく結合し、世襲的であったことを垣間見ることができる。その喜志統に「ミホの実父の系統・実母の系統」、ともに入っていたことを島尾は書いているのだ。

これは空想の類いかもしれないが、十一月二日の日記に、前後の脈絡もなく、投げ出されたように書かれた一文は気になるところだ。

「長田俊一兄の所に行って泣いて訴えたいなど冗談（と後で言う、お父さんに冗談言ったりしてゴメンナサイネ）を言う、須磨叔母の所にパンなど買って行き、軽く夕食をしてミホたちを残し登校」と。

これだけでは、さっぱり意味がつかめない。しかし、「女は夢中になって愛された人の所に行った方が結局は幸福かも分からない」と言ったところでの発言だけに、読み手をたちどまらせるのに十分である。

俊一兄はミホの従兄で、おそらく佐世保に住んでいるのだと思う。佐世保にはミホの実兄、長田暢之も住んでいた。冗談とはいえ、「泣いて訴えたい」ということへの理解が届きにくい。許婚者のことがミホの考えの片すみにあったと推測することもできる。場面は、小説とは違って、いたって平穏な日常が流れているところなのだから。

日記と小説が符合する部分といえば、放送局と映画館の件があるので、そこまではみてみたい。これは、放送局につとめている庄野潤三から小島信夫と対談しないかという電報を受け取って翌日出かけるところである。まず、日記では次のように書かれる。

《晴れた日が続き、全く救われる気持ち、二人の心今日はすこやか。二時頃潤子ちゃん来る。ぼくは外出。ニューエイジにより、稿料受け取り10，500。ABCに行く。小島信夫と対談。「作文と小説」録音。4，250受領。（略）ミホのなつかしさをつみ重ねて帰宅。不在故、そのまま利根映画に行き「シェーン」の後半をミホや子供と共に見る（十一月五日）》

淡々とした文章であり、淡々とした日常であるが、内面を見据える眼が導入される小説の世界では、複雑に、しかも精密に、これらのことが描写されていく。

《「急に呼び出してすまんすまん。てごろの企画ができたので君とCに対談をしてもらおうと思ったんだ。テーマはそうだな、作文と小説というようなことでどうだろう。そして君にはなしの引き出し役をやってもらうつもりだが、かまわないか。なるべくむずかしいことばを使わないでくれな、婦人の時間のものなんだ。時間は十五分だ。Cももうじきやってくるだろう。さっき電話がかかってきた」

見慣れたBの顔が坐っている私の前にやってきてそう言ったが、そのことばをどれだけ正確にきいたかあやしい》

録音後、誰がさそうともなく、連れだって夜の町にくりだすが、トシオは気が気でならず早く帰宅する。ところが、家には誰もいない。電気をつけるとちゃぶ台に紙片があり、そこには「潤子とこどもとみんなで利根映画に行きます。『シェーン』を見ます。シンパイしないでください。オネガイ。早かったら見にいらっしゃい。最愛の人へ、ミホ」。

そして、その足で映画館に行き一緒に映画を見る。トシオは以前にもこの映画を見ていて、ちょうど気に入った場面の途中であった。女主人公の荒削りな生き方、貧しいが隠し立てのない実直なこころに引かれるものがあった。また、無造作にたばねた髪のかたちは「ワイオミングの滝」として流行したなど、くわしく描写される。

しかし、ミホのこころが安定していたのは、潤子という外部が這入りこんできたからで、外部が不在になると、またもとの状態にもどるのであった。

第四章「日は日に」の場合

1

「日は日に」の書き出しは次のようなものである。

《三方にりんご箱をつみかさねた狭くてうす暗いまに合わせの書庫に私はずいぶん長いあいだじっと立っていた。前の人が住んでいたとき、ここを台所に使っていたせいか、電灯使用量の検針器が壁の片隅に取り付けられてあった。ふたが透きとおり、外がわからでもなかの構造がすっかり露顕して見える。赤いしるしはちょうど正面のところで止まっていた。家のなかのどこかで電灯つけると、その赤いしるしは移動して裏のほうに見えなくなり、やがてまた正面にもどってくる》

わかりにくい文章だといわなければならない。まず、「ずいぶん長いあいだじっと立っていた」という、その「ずいぶん長いあいだ」という時間帯がうまくつかめないだけでなく、何のために立っていたのかも理解できない。

この書き出しは奇妙であると、まずいわなければならない。さらに、電灯使用量をはかる検針器が壁の片隅にあるが、ふたが透きとおっているため、外側からでもなかの構造が見えるとされているなかの構造とは何であろう。

また、電灯をつけると「赤いしるしは移動して裏のほうに見えなくなり、やがてまた正面にもどってくる」というのも理解しがたい。

このような不分明な文章からはじまって、きちがいを装う行為に行き、不分明な女からの執拗な脅迫へと転じ、最後は福島に行くというのでまとめたのがこの章である。

『死の棘』を強いて起承転結でいうと、二章の「死の棘」が「起」とすると、四章の「日は日に」が「承」にあたり、十章「日を繋けて」が「転」となって十二章の「入院まで」が「結」

になるといえばいいだろうか。

ぼくはこの不分明の書き出しを「首吊りの自殺を考えてずいぶん長い時間じっと立っていた」と解釈し、「自分らがどんな生活をしているか、生活の構造は周辺にすでに見え見えなのだ」ということをしめし、「妻の正気と狂気はぐるぐる移動し、また正面にもどってくる、その繰り返しだ」というふうにみた。ここではその見方に沿ってすすめていきたい。

こんな文章がある。


《私の行為が妻をそんなところに追いやったのだけれども、今のこの状態は私のてのひらをはみ出てしまい、それは私を絶望のほうに駆りたてる。だれかに、たとえば仲間とか親類に打ちあけて手助けを求めることは、妻が強く拒み、彼女自身も、そのおじ、おば、いとこにも告げようとしないで隠してきた》

ところが、ふたりの生活の現状はまわりには知らないものはいなかったといってもいいほど知れわたっていた。現に十一月二十一日の日記に庄野潤三ら九人から六千円を泣きながら手渡されたことが書かれている。

正確には「分かれる時庄野、泣きながらぼくに六〇〇〇をよこす」とある。泣きながらと書かれているのは、おそらく同情されてのことだとおもう。「ミホ六〇〇〇のことき いて泣く」ともある。これは何なのだろう。友人の同情心に心がうたれたという設定なのであろうが、この同情されるような状態になったのは夫婦間に問題の根があるのである。だが、小説では次のように書かれる。

「私の行為が妻をそんなところに追いやったのだけれども、今のこの状態は私のてのひらをはみ出てしまい、それは私を絶望のほうに駆りたてる」と。これは自分の行為が妻の狂気を発生させてしまったという自責の念にかられたものだ。

しかし、これも正確には「ミホの狂気を駆りたててしまった」というのなら分りやすいが、小説のテーマは、あくまでも男の浮気がもとで病を抱える事になったというふうになっているのである。

そしてすぐ、しかし今のこの状態は私のてのひらをはみ出てしまい、私を絶望させるというふうに、つかまえようのない実態に島尾はうちのめされる。おそらくミホも三、四歳のころ伸一やマヤが体験したようなみじめさを体験したのではなかっただろうか。

そのため、てのひらをはみでていくような行為をしていくようになっていく。自分自身では意識しないが、そのことが、結果的に相手を傷つけてしまうことになる。

この章は、二章で愛情たっぷりに思いを告げた女が、脅迫者として登場する場面を設定した。

登場するといっても直接、姿を見せるわけではない。電報や紙片で攻撃をしかけてくるのだ。もちろんぼくはこれを信じているわけではない。いや、島尾自身も信じていないふしがある。

《「へんな電報がきたのよ」

と妻は言った。咄嗟に返事ができず、六畳のたんすのほうに歩いていく妻に動悸をたかぶらせてついて行った。そのたんすに、ひとつだけある鍵のついた引き出しから一通の電報を妻は取り出して私に渡した。

「ミホイツダスカハナシツケニ一ヒユク」という片かなが私の目を突き刺した。末尾には私の姓が女の名前に結びつけてタイプされていた。》

この日は大晦日である。電文の内容にしてはミホのおちつきぶりはかなり異様であるといわなければならない。本当なら、ミホは電文をみた瞬間から「ほら、しっかり見なさい。わたしが思っていたとおりだ」とわめき、叫んでもおかしくはない。「へんな電報がきたのよ」とよそいきの言葉が似合う場面ではない。

前章で、ミホが「あなたはあたしたちをとっくに戸籍から抜いてしまっているのにちがいない」と疑う場面があった。そのことと関連してと思われるが、十二月二十四日の日記には「区役所に行き戸籍謄本料（六〇円）」と書かれている。おそらく、ミホに迫られて謄本を取ることになったのではなかろうか。そう思っても不思議はない。

また、十二月三十日の日記に「ミホと暢之兄に返済金受け取った電報を、赤電話の店に行ってうつ」とある。ミホと一緒に赤電話で電報をうちに行っているのだから、ミホがこっそり、こっち宛に電報をうったと考えても不思議はない。

ミホはそういうことを平気でやる性格だと思う。自分に不利にならないように先に先に手を打って芝居をこしらえ、図を書く。これは反面「自分は悪いことをした覚えはない。問題はいつも外側でつくられ自分を巻き込んでいく」という不幸な生き方を幼いころから体験してしまったせいなのではないだろうかと思われる。

島尾は「彼女は戦略を変えて、表立たぬ静かな方法で死を決意したにちがいないなどと思ってしまう。もっと目立たぬおそろしさで私は復讐されずにはおれないはずだと、神経がいつも動悸をうち、平常の安定性のない、冷え込む寂しさが、発作をおさめた妻のようすからただよってきて、私はいっそう物狂おしい」とも書いた。

ここで「彼女」とされているのが「女」のことならともかく、「妻ミホ」のことなのである。戦略を変えて復讐してくるのは「外部から」ではなく「内部から」であることは知悉している。それが故にトシオは煩悶の極限まで行くのである。

《それにしてもいきなり、このような内容の電文を打ってよこすときの女のすがたは考えられない。妻を追い出したり、女がそのあとに納まって私の姓を名のるようなことについて、私は女とはなしたことなど思い出せない。もし女にそのような意志があるとしたら、この電報がそれを私にはじめて知らせたのだが、文章の調子には、係争中の事件をだめ押ししているふうなのが解せない》

と書いたのであるが、すぐあとに「しかしそれは私のひとり勝手な考えかもしれない」とつけくわえる。なぜ島尾はここで「私のひとり勝手な考えかもしれない」と事態を曖昧化してしまうのか。

女に自分の姓を名のらすということは、結婚するということを意味するのであり、その約束をしたことはないならないとすべきところを、約束したかどうか思い出せないと書かれると読み手は永遠に謎の道に進むしかない。

また、これが島尾文学の特徴といえば特徴でもある。ぼくらは当時執筆された『贋学生』で充分にその曖昧な態度をみせつけられてきた。今、思うと「贋学生」の行動と『死の棘』でのミホの行為はやや重なるものが見受けられると言っていいのではないか。

あの贋学生も気性が荒れていて、自ら芝居をこしらえて、そこに主人公を引きずり込み、もてあそんでいた。疑いをもたれるものの決してばれない。そのような、どろくさいバイタリティーがあった。

2

二章で、ミホが家にいないので、もしかして女のところに行き刃傷におよんでいるのではないかとおもい、それを確かめるため女の家に行く場面があった。そのあたりのことについて、「しかしそれは私のひとり勝手な考えかもしれない」と書き込んだすぐあとに次のように書かれる。

《妻が出刃包丁をふところにして必ず女のところに行ったにちがいないと思ってそこに駆けつけたときに、私はもう来ないと告げ、この先は自分の書いた小説が載った雑誌を送ると伝えることで、女から理解されたと思ってきたが、そんなことではなくもっと世間の中でも通用する納得の方法を女は要求してきたことなのか。私が直感した通りに、あのとき妻は、私が女のところに来て、また帰って行くあとさきを、ものかげに隠れて、すっかり見ていた。結局のところ、じわじわ責められたあとで私は白状した。妻の手のなかで私は

いつわりに輪をかけられ、かげりはいっそう深くなるばかりだ》

妻の行為は自分のてのひらからあふれていくが、自分の行為は妻の手のひらのなかにある。しかし、ここで「私が直感した通り」という文章のあとにつづく、その直感にこそ関心は向かうのだ。

二章のどこにもその直感については語られなかった。つまり、妻は自分の後をつけて、つまり尾行して、ものかげから行動の一部始終を調べていることについては触れなかった。ところが、女と別れる際に「これだけは約束できる。ぼくがどこかに小説を書いたらその度にその雑誌だけをあなたに送ろう」といったことを、妻はすでに知っていたのである。

すべてトシオの行動はミホの手のなかにあった。この執念は徹底している。そこでミホは何を演出したかったのか、どんな芝居を打ちたかったのかということについては気になるところだ。これについては、すぐ後に書かれるセリフに、より強い信憑性とリアリティーをもたせるためであったのではないかと思われるのだ。

《「ね、お父さん、わかったでしょう。これがあいつの本心なのよ。どうせ、ただじゃ引っこまないと思っていたわ。ようすをみててもらちがあきそうにないから、おどしにかかったのよ。あたしたちもしっかりしましょうね。本当はね、あたし、こうなることがとってもこわかったの。だから、きもちをほどかなかったでしょ。あなたの本心も信じられなかったし、あいつがどう出てくるかわからなかったの。でもこうはっきりしてしまえば、かえって勇気が出てきたわ、あなたはかわいそうなひと」》

「あなたはかわいそうなひと」という表現を目にすると、ぼくにはどうしても十章の事件のあと刑事がトシオに向かって「女」のことを言った「あのかわいそうなひと」という表現に結びついていくのだ。

それに、このミホのセリフまわしの不自然さ。先生が生徒に言い聞かせるようなトーンは、マニュアル化さえしていて無味乾燥でさえある。

同時に、ここでぼくらは「かわいそうな人」と表現された夫と女の存在そのもの、ついてまわる悲劇性をこそ確認しておかなければならないと感じたりする。

さらに不思議なのは、女から、ミホを出すため一日話を付けに行くという電報を受け取ったのはわかるとしても、一日四、五人のゴロツキをつれて話しを付けに行くとは書かれていないにもかかわらず、ふたりともそう思い込んでいるのが妙なのである。

また、元日の日のミホのはしゃぎようや、トシオのゆったり感は何なのであろう。暴力的な恐怖に襲われようとしている朝だから、本来なら目覚めたときからそわそわしているはずなのではないか。ところが、次の書き出しに、それは感じられない。

《元日は、おだやかに晴れた、あたたかい日になった。

次の日が前の日につづいただけ、と思わないでもないが、できるなら私たちの変わりめの日として迎えたい。妻ははしゃぎ気味で、夫やこどもたちに、洗いたての下着を与え、ウイスキーを屠蘇代りにして、家中あらたまった年始の挨拶を、型通りに、私とこどもらは少し恥じらいを浮かべて取り交わし、そのあとで雑煮を食べた。朝の陽ざしが障子に白く映え、習慣に従った安らぎと空気の冷たさが、一家四人を取りまいた》

何事もなかったかのような情景設定としかいいようがない。あるいは、事実、何もなかったのだとしか思えない。しかし、確実にひとつの戦略は準備されていたのである。電報や紙片による脅迫の嵐は、ついに小岩から移転せざるを得ない状態にまで追い込んでいった。この脅迫文だが、日記と小説の場合を比べてみたい。

小説では大晦日の日に見せられた電報は「ミホイツダスカハナシツケニ一ヒユク」というものであったが、大晦日の日記は次のようなものであった。

《午前伸三とタカノ理髪に行く（一時頃帰宅）その間ミホ御節料理《おせち》、帰宅すると又女から電報が来た。ミホとぼくと少しずつへんになって行く、寒天をかき廻されているぼくに電報のことミホ色々言う。気が狂いそうになろうとする、障子の破れを張る、オカムラ？ミタニ？　運転手などのこと、玄関の壁に頭をぶっつけのたうち廻る、夕刻一時おさまり、ミホと市場に行く。

おそい夕食、年越し蕎麦《そば》などつくり、ウイスキーで越年祝う、来年から出直そう（十二月三十一日）》

これだけの部分が、小説では十数枚にもなって描かれる。ミホの追求の言葉は、小説では次のようになる。

「ノモトとかネモトとかいう男知っているか。自動車の運転手を知っているか。なんて言ったっけ、そうそうツムラという大学生を知っているか。あなたはまぬけだから、なんにも知らないだろう。みんなあいつの男の名前だよ。まだまだ教えてやろうか」

それが真実かどうかはわからない。しかし、夫のことをあれだけ調べ上げたミホだから、信憑性がないと一概にはいいきれない。トシオは黙るか、気違いになったふりをするしかない。

大晦日にきた電報は、日記では単に電報が来たとだけ書かれ、内容については書かれていない。まったく違う文面の電報であったかも知れないということも考えられる。一年前の大晦日と正月は女と過ごしているため、その窺いの電報であり、「ミホイツダスカ」といったものではなかったとおもえばおもえるのだ。

ところが、元旦に手にした紙片は、日記では「ヒキョウモノ、アスカナラズハナシヲツケルマッテオレ」と書かれている。小説ではどうかというと、やはり「ヒキョウモノ、アスカナラズハナシツケル、マッテオレ」となっていてほとんど同じ。これは電報ではなく、郵便受けにあったとミホに言われる紙片である。

一月五日の場合は、日記では「マイニチニゲルノカ　ヒキョウモノメ、カナラズオモイシラセル。一二三モキタ……」というこれも紙片がおかれているが、小説では「マイニチニゲルノカ、ヒキョウモノメ、オモイシラセル」だけになっている。

一月六日の日記には七時半帰宅すると紙片があり、ここには「アクマデヒキョウデオクビョウモノ。ニゲマワルカ。ジブンノヤッタコトニセキニンヲモテ。サイゴマデタタカッテヤルカクゴシロ」と書かれていた。

小説では家を売るため親子四人で不動産屋に行き、映画を見て帰ると郵便受けに「アクマデヒキョウデオクビョウモノ、ニゲマワルカ、ジブンノヤッタコトニセキニンヲモテ、サイゴマデタタカッテヤル、カクゴシロ」と書かれた紙片が投げ込まれている。

七日には親子四人でラジウム温泉に行って帰ると隣の人にあずけられていたという紙片をミホがもってくるが、内容は「サイバンニカケテモミホヲオイダシテヤル」というものであった。日記では「サイバンニカケテモミホヲオイダシテヤル」と、まったく同じ。

素朴な疑問が出る。なぜかくも日記と小説の文章が似ているのか。島尾なら、小説にする段階で工夫をこらすはずではないか。ところが、それがまったくなされていない。

なぜ、二日から四日までのあいだは脅迫文がなかったのか。それは、二日に若杉慧宅に家族で行って一泊しているからなのではないだろうかとも思えるのだ。それが、あたかも言い訳するように小説ではないのに、日記では「一二三モキタ……」と書き込んでいるばかりか、その紙片は「女からの」というミホの注意書きまで書き込まれているのだ。

第五章「流棄」の場合

第五章は、小岩を離れて、福島県相馬の小高に行った十日間のことが書かれている。そこは、幼きころの思い出がいっぱい詰まっている父母祖の地である。つまり「逃れゆく場所」として、島尾は最終的に、その地を選ばざるを得なかった。

幼いころには想像すらできなかったような不幸をいっぱい背負っての帰郷となってしまった。戦争があって、奄美の果ての島に特攻隊の隊長としておもむいたときから島尾の運命軸は大きくかわった。

おそらく、父四郎にとっては、あくまでもふたりの結婚は拒むべきであったという思いを強くさせたであろうことは容易に想像つく。おそらく、このことは奄美のジューにとってもそうであったろう。

第五章「流棄」の書き出しはこうである。


《いよいよ妻と連れだっておじの家を出ようとしたとき、伸一とマヤのすがたは見えなかった。たぶん街道のほうで遊んでいるのだろう。ふた親がいなくなれば、みじめはわかっているが私も妻もこんな風ではどうにも仕様がない。東京の町のなかではその直後のこどもらはさだめしおそろしい目に会うだろうが、いなかでは悪いことだがおじやいとこだちがとにかく面倒をみてくれるにちがいないから、いくらでも当座のショックがやわらげられよう。

今度こそは真似でなく、しおおせそうだ。妻が私を責めるのはいいが、その女の名前で自分を呼んでほしいなどと言いだしては方法がつかない。》

「今度こそは真似でなく、しおおせそうだ」とここでいっているのは自殺のことである。この章は、実際に「死ぬこと」がベースになっている。けわしい道をとおって先祖の墓にも行く。その場面で、以前書いたことと、重なりそうな描写があるので書いておく。

《墓山の裏の、道らしい道のない傾斜をのぼるとき、ひとりではすべって歩けない妻に手をさし出すと、しかたなさそうにすがりながら、何かをはなしかけようとひとみを寄せてくるのに私は気づかぬふりをして受けつけなかった。崖をよじのぼるので妻のはずんできた呼吸が、耳にやわらかくひびき、これほど近づきあったにんげんは世のなかにいないのに、どうしてこう突っぱり合うのかという思いにしめつけられた。》

ここで、「何かをはなしかけようとひとみを寄せてくる」という「ひとみ」のことだ。二章でも女とのかかわりの中でそのような表現があったが、やはり「目」とか「顔」ではなく「瞳」という表現には意味をもたせているのではないかということである。何か「愛惜」をつつみこんだ思いが込められていると思わないわけにはいかない。島尾のこだわりといえばいいだろうか。

そして今回「日記」を読みながら不思議におもったのは、一章でもそうであったが、五章でも父四郎のことが「居なかったかのごとく」完全に抹殺されていることである。

一章では、やや曖昧であったものの、五章では父四郎も居合わせているのである。島尾ら四人は十月十日に小高に着いているが、十五日の日記には次のように書かれているのだ。

《十月十五日　積雪、雪模様　履歴書五通。午後駅に父を迎う。(略)
十月十六日　晴　父、岡田行。(略)
十月十七日　晴　朝、博さんの三輪車で父、明ちゃん大井に行く。(略)
十月十八日　晴　朝 trouble。父を送って井戸川へ (略)》

日記からすると、十日のうち、四日は何らかの形で父四郎とかかわっているのである。ところが、小説には父は全く登場しないし、そのことについてひとことも触れられない。

小岩に住んでいたころ、父四郎が訪ねてきたであろうことについてはやや曖昧であったがと書いたが、島尾伸三は『小高へ』という本にはっきり書いている。

小岩での思い出を綴ったところで「十メートルも行かぬくらいの所で、映画館の脇を抜け、そういえば、この邦画上映館ではおじいさんに連れられて「鞍馬天狗」、おとうさんに連れられて「ゴジラ」、を見たことがあります」と。

そして母とはこの邦画上映館で「雲流るる果てに」という特攻隊の怖い映画を何度もみたとも書いている。

それはそれとして、何故か島尾は、あるいはミホは『死の棘』に父四郎を登場させることを嫌がっているとしか思えない。

今回の父四郎の小高行きは、ぼくなりに推理すると、自殺しようと思いそれを実行しようとしたら妻が「そんなこわいことはもうやめてえ。あたしもうハジメない」と誓ったので、相馬で親子暮らすことを確認、そこで職を探すため父四郎の知名度に頼らなければならなかったため、父を呼んだのではないか。

十五日、おそらく父が来るその日とその翌日と思われる部分を小説から探すと、さしずめ次のように書かれているところではないだろうか。

《押し問答をするとまたいさかいになるから、その日は履歴書を書いて過ごした。次の日も妻はかたくなにきもちを閉じていた。食事も充分取っているようではない。或ることを決心してひそかに実行しはじめた気配がないでもない。どうかしたのかときいても、「いいえ、どうもいたしません」と返事をするだけだ。》

何故、その部分かというと、書き出しに「次の日目をさますと雪がつもっていて」という表現があるからだ。「積雪、雪模様　履歴書五通」という日記の文面と、先に引用した小説の文面は符合する。さらに、ミホの言葉がよそ行きになっている。

その日の出来事をもう少し引用してみよう。

《妻は自分から進んで夫につめよる気構えを引っこめ、穴ぐらの奥のほうでうかがう顔つきをこしらえた。それをわざとそうやっているのかどうかが、私には分からない。わざとやっているのなら安心できたが、そうでないとすれば、私は妻を一歩一歩へんな方向に押しつめていくつもりなのか。妻はおばからぼろ切れを見せてもらい、また中休みの機織を織り足しなどして時を消すつもりのようで私のほうを見向こうともしない。自分の内側にくぐまって行って干からび果てた末に消失しようとたくらんでいるみたいだ。》

《旧家のはなれを借りながらいなかに仮住まいをし、さしあたって自分にできる学校の教師の口でも探すことだ。この冬をがまんしさえすれば四月の学期始めからの勤め口が見つかるかもわからない。おばのところのいとこも賛成し、県の教育委員会に願書を出すことをすすめた。妻は、「あたしなどどうなってもいいのですから、あなたとこどもの将来の都合のいいようになさったらいいでしょう」と言ってきもちをひらかない。》

ぼくなどはここから、ミホの攻撃性は女が近くにいるからであるといったことを越えて、夫の親族に囲繞されて、夫が自分から離れていくことが許せないのだというところにあるのではないかと思ってしまう。あるいは、狂気は直接的に女とは関係ない、女は道具として利用されているだけだとさえ思えてくる。

ひらたく言うと「わたしも父母や古里をすてたのだから、あんたも父母や古里をすてなさい」という考えがしこりのようにおちている。夫はすでに自分に屈服しているはずではないかというおもいからである。

《妻ははっきりした意見を言わないが、いなかに居るのもいやだという。頬がこけてすっかりやせ、目の力もなく気抜けしたようだ。頭髪も乱れるまま、自分のものだけでなく、私やこどもらの東京から着てきたままの下着を洗おうとするでもない。》

仕事もすぐ見つかるということでもなかったので、トシオは小岩に戻ることを決心する。これはこれで致し方ないことであったろうと思う。

小岩に帰るまえに、親子は島尾の母の墓を訪ねるが、そこの表現で理解できない部分がある。

《赤土をあらわにした切通しが見え、小さな池の横を、木のまばらな林のなかにはいって行くと墓地があり、母と里子に出していて死んだ弟の墓石が、一族の墓域のはじっこのほうにあった。枯葉を集めて火を燃やし、用意して来た線香に火をつけるあいだ、妻は母の墓石に腰かけてあらぬところをながめていた。線香を四人に分け、それぞれの墓石の前にのせながら両手を合わせた。》

理解できないといったのは、ミホが母の墓石に腰かけてあらぬところをながめている、というところだ。精神を病んでいるとしても、このような行動をするものかどうか。あるいは、ここにきてミホの病は急に変化をきたしたということなのか。

母の墓石は何故か「父の家の墓に、見たこともない人たちのあいだにはさまったまざりもののようなぐあいに、自分が生んだのに育てることができなかった嬰児の死体と共に埋められていた」と最初に訪れた母系の祖母の墓を見舞ったときに書いていた。

今、来たその母の墓の前でトシオは心の中で母を呼び「嫁と孫を連れてきたけれど、嫁のほうはこんなあらぬようすの者になってるがこれは私がしたのだ」ともっぱら責任のすべてを一身に背負って言った。

「流棄」は、妻にとって異郷の地にあって、ますます病を進行させるところで終わっている。

第六章「日々の例」の場合

1

二月に県教育委員会がおこなう教員採用試験までには二週間も日にちがあるということで、島尾の家族はいったん小岩に戻る。ところが、妻の病と生活はさらにひどいものになっていった。

小岩での日常的になった狂気の生活、そして慶応病院に行くまでの一週間のことを書いたのが六章である。書き出しは次のようにはじまる。

《一月の下旬にはいった金曜日にはじまり、妻を病院に連れて行く前の日の木曜までの一週間に、生活が破れるきざしがあらわになった。いなかにのがれた十日の間は、妻の状態をいっそう深みに落とした。どうしようもなくなって東京にもどったが、小岩の家がいなかよりいいわけにもいかない。》

島尾はそのいなかに家族四人で住むため、家まで借りる約束をしてきていた。小岩では、たった二週間の生活と思われていたのであったが、一週間後には病院に入院することになる。おそらく、ミホもいなかでの生活より、入院のほうがはるかにいいと判断したのかもしれない。

そのきっかけを作ったのは、島尾のいとこの妻の体験談であった。いとこの妻は、ミホの症状によく似たヒステリック症状をおこしていたが、K病院で診察を受け睡眠薬をもらって服用すると「症状がはがれるように消えた」とのことであった。

その前の日の日記には「生活の逼迫。家を売ってすぐ奄美大島に行こうかと思ったり、しかしともかく相馬に行く準備をして、四月を待とうという気持（一月二十二日）」と書いている。

翌日、朝日新聞には、第三十二回芥川賞に小島信夫の『アメリカンスクール』庄野潤三の『プールサイド小景』が同時受賞したという記事が載る。

その部分の日記はこうである。

《朝日新聞に三十二回芥川賞に小島と庄野がはいった記事。ぼくは全くどん底の暗い喪失の中にいる。あけ方からマヤ発熱。伸三飯も食わずに遊びにでる。ミホ、ぼくがウソを言い、かくしごとをするとてグドゥマのまま。(一月二十三日)》

友人である小島や庄野がいたって健康的に飛びだって行くのに、自分は住む場所さえ決めかねて生活的には消耗しているという考えがおそらく島尾を打ちのめしている。その辺のことが、小説には次のように書かれた。

《ふたたび目がさめたとき、妻は発作にはいっていた。私がうそをつき、隠しごとばかりすると言い、口をとがらせ、暗い目つきでにらんでいる。伸一のふとんはもぬけのからで朝飯もたべずに遊びに行ったらしい。マヤは熱っぽい顔でふとんのなかにもぐりこんでいた。時々のどを突き出すようにして咳をした。

新聞屋が集金に来たので、寝巻きの上にオーバーを引っかけ玄関口で支払いをすませ、来月からやめることを言ってことわった。ゆっくり読むきもちになれないだけでなく、どんな記事も自分には関係のない遠いことのようだ。起きたついでに郵便受けの新聞を取り、

(ここに女からの手紙がひそんでいたのを、つい隠していたのだ)立ったままひらいたページの下のほうに新人文学賞決定の記事が見え、BとCの名前がのっていた。

みんなとび立ってしまうんだと思い、荒れ果てた自分のこころのなかで、目ざめぎわに季節はずれに咲いた花々を見たようだ。自分の暗さがいっそうかげりを濃くして頬に平手打ちを食わせてくる。ムクイだムクイだとささやく声があった。妻はグドゥマになってきもちを閉じたままなので、言いようのない圧迫が家のなかいっぱいになっている。》

小説のこの部分で、どうしても解説しないといけないのが四点ある。ひとつは、新聞屋が集金に来たので購読の中止を申し出た新聞と、新人文学賞決定の記事が載った新聞は別の新聞であるということ。新人文学賞決定の記事が載った新聞は朝日新聞で、その日集金に来たのは東京新聞であることが日記にはしたためられているので明らかである。

ふたつめは、新聞の中止を申し出たのは「どんな記事も自分には関係のない遠いこと」と書かれているため、世間から距離をとろうとしているのではないかと勘違いされると思うが、本当の理由はおそらく二週間もしないうちに引っ越すことがほぼ決まっているからである。だから間もなく、朝日新聞も中止されるであろうことは想像がつく。

次の二点がむしろ重要なのだが、一つは妻に隠しごとをしていると言われていることは女から届いた手紙を隠していたことが書かれているということ。おそらく内容もあやしい電報のように攻撃的なものではないであろうことが伝わってくる。

というのは、攻撃的なものであったら、妻が「それ見ろ」と大袈裟にさわぎたてることが想像されるが、それがみられない。それに四日後の一月二十七日の日記に「女からいやな電報」と書かれており、電報を受け取っているものの、内容は「イツカエルカオシラセコウ○○○○」というもので、決して攻撃的でもなく挑発的なものでもない、ごく一般的で常識的なものである。ということは、正月をはさんでのあの慌てぶりは何だったのだろうと思わずにはいられない。

もう一つは島尾がここで「ムクイだムクイだとささやく声があった」という表現は何なのだろうかということである。身近な仲間がパーッと飛びだって行くのに、自分は暗い生活のなかに閉じ込められたままだ。それがムクイだとしたら、何からのムクイと島尾は考えたのだろうかということである。

ミホも同じ章で次のように言った。《「クヘサ、クヘサ、アンマー」と、郷里のことばで死んだ母親に訴え、声をしぼってなきつづけた。》（日記では「クヘサ、クヘサ、アンマーと苦しみを訴える。あと、島のうたをうたって苦痛をまぎらすらし」と書かれている）

クヘサというのは「許してくれ」という奄美・沖縄の方言だが、ミホは養母に何を許してくれといったのだろうか。

島尾の場合は、ぼくにはジュウ（ミホの養父）との約束を守らなかったことを受けてムクイだと思ったのではないかということが、最初に浮かぶ。つまり、ミホと結婚して島で暮らすということをあるいはジュウと約束したのではなかったかということだ。

ミホの場合は、「なんのつみとががあってこんなに苦しまなければならないのかしら。いっそ死んでしまいたい」という言葉にも見られるように養母、養父の意志を裏切っているのではないかという意識が働いているのではないかと思われる。

ミホが、からだが腐っていく夢をみたときのことが語られる四章の「日は日に」では、

《あたしがあんな神さまのようなジュウを犠牲にしてえらんだあなたからはこんなひどいめにあわされたのです。あたしのからだが腐ってくるぐらい当然のムクイです》

と言われる。「日々の例」は、そのあたりとの関連もあると思われる。

次に、日記をみてみたい。あきらかにミホの手が加えられ修正されているのではないかと思われる部分が見受けられるのだ。

2

『日記』はミホによって検閲され、いくらか事実とはことなるであろうことは充分に予想されていた。人は誰であれ、自分に不都合になるものの発表をさしひかえたいと思うのは当然の感情。だから、検閲し、あるいは削除し、修正を加えたとしてもだれもミホを批判することはできない。批判ではなく、事実はどうであったかということのみに関心をしぼっていくしかない。引用が長引くが「検証」と一応銘打っているのだから許していただきたい。隠し事は一切しないということがひきがねとなって、指をつめるため鉈《なた》を買いに行き、ふたりで誓約書をしためる場面のことである。

まず日記から引用したい。

《一、特定の女と特別の関係にはいらぬこと
　例えば映画、行楽、肉体的交渉などを共にせぬこと
一、不道徳なうそをつかぬこと（言語行動共）
一、不道徳なかくしごとをせぬこと
一、外泊の場合はその内容をいつわりなく明らかにすること

一、家庭の幸福を築くため努力し、破壊しないこと
但し右誓いの箇条書を作ったのは敏雄が提案しミホが之に賛成し文案を考えた
右誓いを破った時はかくさずに言い二人で考え処置する
昭和三十年一月二十四日　島尾敏雄
島尾ミホ殿》

仲間が芥川賞を受賞して喜びにひたっているとき、トシオはこのような暗い生活をしていた。日記ではこれについて「誓い五ヵ条」という文面がある。これが小説では次のように書かれる。

《「文案はミホが考えてほしい、ぼくの頭はにごっていて考える力がない」と言うと、妻がひとつずつゆっくり考え、六つばかりの箇条をこしらえた。

それを私はいちいち書き留め、あらためて毛筆で清書をしながら、書かずにすむものなら書きたくないきもちが起こってくる。書かれた内容に反対なのではないが、誓うなどということに不馴れな上に、誓ったあとはどんな小さなことでも見通しのつかぬ将来のほうに向かっていつもしばられなければならぬ状態は、思ってみただけで怖じ気が生じた。

はじめに女の姓とその名前を書いた。今は舌がしびれ筋肉がちぢまって私の妻の前でそ

れを口にすることができないのに、妻はわざとのようになん度も口にのぼせ、私のきもちを逆なでして書き留めさせた。

……トロヲキカヌコト、マタ手紙ヲ出サヌコトと下書きの通りに写し取った。その次に、特定ノ女ト特別ノ関係ニハイラヌコト、例エバ映画、行楽、肉体的交渉ナドヲ共ニセヌコトとつづけた。

文字にして書きつけると、みにくさがいっそうにおった。そのときどきには捨て身になってなどと思いこんでいたことが、今文字にしただけのしなびた中身となって半紙の上にはりつけられたと思った。

不道徳ナウソヲツカヌコト、不道徳ナカクシゴトヲセヌコト、外泊ノ場合ハソノ内容ヲイツワリナク明ラカニスルコト、家庭ノ幸福ヲ築クタメ努力シ、破壊シナイコト、と書きおわり、「もうほかに書き加えることはありませんか。これでいいですか」とどんなことでも書き加えるきもちになっている。

妻は半紙を手に取ってしばらく字面を追いながら考えたあと、「これでいいわ。それから指を切ることを言いだしたのはあなただから、それもはっきり書いておいてね。あたしはそんなやくざの仲なおりのようなことは考えつきませんからね。それはあなたが考えたのよ」と念押しして言う。

私は自分が言い出したことであったかどうかわからなくなっていて、けげんな感じが起こってきたほどだ。たとえ先に自分が言い出したとしても、妻がそう自分に言わせた何かがあったなどと思っていたのか。いっそうひしがれたきもちで、いくらかやけくそに、「文案はあなたが考えたんだからそう書いておきますよ」とはかないだめ押しをして、私は書き加えた。

但シ右誓イノ箇条書ヲ作ッテ指ヲ切ルコトハトシオガ提案シミホガコレニ賛成シ文案ヲ考エタ。その上に妻の希望で、右誓イヲ破ッタ時ハカクサズニ言イ二人デ考エ処置スル、とつけ加え、日付けをいれ、私より妻にあてたかたちにして誓書を作り終えた。》

一応、これらの文面や生活をみていると、宗教用語でいう「無間地獄」の思いをつよく抱く。文章表現というのは何かしら意識を通過させている分、濾過されているから一種の通り風のようにも思えるが、生身の現場はもっとすさまじく、おそらくここにいる人は意識障害をこうむるであろうことは想像できる。やくざ同士の生活を強いられているという恰好なのだ。

日ごと繰り返される攻撃と防御、朝ご飯が何時あるのかもわからない生活、ようするに昼と夜の境がない生活、さらに言うと生活設計どころでなく狂気そのものが根もとに巣食っている生活。そのような中に家族四人が叩き込まれているのである。すでにマヤの病気、伸一の反抗的行為が意味ありげに書かれたりする。

一歩進めばどこの家族にもありうる現象ではある。違うのは何ヶ月も同じ状態がつづいているということだ。どれだけの時間が限度なのかは分からないが、考え、性格、出自など周辺の環境や志向する文化がお互い合わないとするならば、普通なら、傷が深まらないうちにそれぞれ別々の生き方を選択するものだと思われる。

五章でトシオが、

《おまえがどうしてもそんなふうに、せっかく頑張って立ち直ろうとする生活をぶちこわすんなら、おれも考えるよ。本当に考えるからな。どうしてこんなに責められなければならんのだろう。きっとまともなにんげんになるためだろう。おれだってそうなりたいから努力してきたんだ。でもね、いくらおれがその気になっても、おまえのほうで一向認めてくれないのなら、仕方がないよ。ああ、おまえがおれに白状させたがっているように本性を隠さずにだしておくことにしよう。いいね、今からおれはおれのやりたいようにやるよ。

あーあ、疲れた、疲れた、しーんから疲れてしまった。何もかも、いやーになった。なんだい、おまえは自分を何さまのつもりでいるんだい。おまえが好きこのんでこのおれにくっついてきたんじゃないか。この汚いおれにねえ。がまんがならなければ勝手にはなれたらよかったんだ。おまえがそんなに分からなければ、おれだってわからなくなってやるぞ。おれのやったことは、おれのやったことだ。それがどうしたと言うんだい》

と精一杯の啖呵をきっている。ところがこれと同じことを四章でも言っている。

《「おれのやったことはおれのやったことだ。それがどうしたというんだ。前非をくいてあやまっているのに、いつまでもそんなに責めたてられては、たまったもんじゃない。おれがそんなに汚いなら、おれからはなれたらいいじゃないか。

ああ、そうだとも、おれはおまえの言うそういうきたないにんげんだ。今更どうなるもんじゃない。おれにはそれが似つかわしいから、もっと汚くだって、なってみせるよ。きたないきたないと言いながら、おれにくっついているおまえはいったいなんだい。事態を収拾しようと思うから、おまえの言う通りになんでもしようと言っているじゃないか、それで気に入らなければ、勝手にしろよ。おれはおれで好きなことをするよ。ああ、うんときたないことだって、平気だよ。おまえみたいに、ジュ・ン・ケ・ツじゃないんだから」》

この同一生活の持続こそがすでに病巣なのではないか。ぼくにいわせるとミホの手のひらにのせられているということになる。

この場面も「誓書」を書かせて夫の指をミホが鉈で切るというかたちで進行するが、トシオはともかく、ミホには「そこまでやる」という考えはなかったといっていい。タチのわるい芝居をミホがうったのである。

そこで、ミホの検閲について触れると、『死の棘』はほとんど『日記』をベースに書かれているが、上記の島尾の言葉、あるいは思いがまったく日記にはないということ。

また、小説では誓いのひとつに、女の名前を書いて「……と口をきかぬこと、また手紙を出さぬこと」が最初にきて六ヵ条となっているのに、日記では「誓いの五ヵ条」となっていることなどだ。どうみても、その部分はミホによって削除されたとしか思えない。

第七章「日のちぢまり」の場合

七章は、かなり危機的状況にあるミホの精神状態を落ち着かせるため、K病院に行った様子を描いている。夜叉、手負い猪《じし》、かまきり、残酷人形の首、黒い鳥……などとも表現される妻を前にして、離別するでもなく、専門の病院に連れて行くでもない不可解な関係が、ここにきて一歩動き出したということになる。

『日記』にはここでの様子は削除されたのか、最初からなかったのか判明しないが、まったく記述がない。日記に一月三十、三十一日、二月一、二日の部分が欠けているのだ。註として「記述はないが、一月三十一日、ミホ実際に入院」と書かれているのみ。

だから、七章は日記との比較はできない。しかし、病院でのできごとが、精緻に描かれているためイメージは膨らんでくる。大学病院は、こうだよなと思わせるのだ。

小説の書き出しは次のようなものだ。

《二月にはいらないうちに妻を病院に連れて行こうと思ったのは、不眠でなやんでいたいとこの妻がＫ病院神経科の注射ですっかりよくなったことをきいてからだ。その注射は、いずれ緊張した神経をときほぐす作用を持っていて、もしかしたらそれが効いてくれるかもしれない。

前にも一度近くの実費診療所の小児科の医師のすすめで緊張をとく注射をなん本か打ってもらい、はじめよく効いたと思えたのに、あとは格別のこともないままにやめてしまっ

た。》

家族そろってK病院に行き、ミホに診察を受けさせるわけだが、今度はトシオは妻からだけでなく、こどもの伸一やマヤからも何かしら神経をいらだたせる行為を受ける。つまり、伸一もマヤも母親のもつ毒気をもっているのではないか、とおもわれるような行動にでるのだ。

《こどもらは母のそばで静かにしておれず、兄の伸一が壁も手すりも手あたりしだい、意地悪な手つきでなでて歩くと、妹はそのあとにくっつきおなじことをまねようとする。兄はいやがってじゃけんにし、妹のマヤはわざとらしい泣き声をだした。

挑発されて伸一は余計にいじめ、妹はおとなびた甘え声をこしらえ兄にまとわりつく。》

それは年端のゆかぬこどもの無邪気さに似てまるでちがったもののようだ。私の耳には不協和なきしりときこえ、その馴れ合いの肉声は神経をいらだたせる。ふざけに気を取られているようでも、親たちの動静には敏感に反応し、殊に母親の気分とは月と潮の満干のようにつながっているのかもしれない。

妻の発作がひどくなると、マヤはいっそう落ち着きを失い、兄にまといついて耳にさからう音をたてはじめる。まるでほんとうは遠ざかりたいのにそうしないで母親の毒気をからだごと感受し、できるだけみにくく再現してわざとまわりに見せつけているみたいだ。
伸一も妹に協力して、そのみにくさをかきたてることに執心しているとしか思えない。》

伸一は、どこから拾ってきたのか、手にした棒切れで病院の壁や窓ガラスを「口のなかでしきりに何かをとなえながら」叩きまわる。

伸一の危なっかしい行為については、四章の「日は日に」にもある。トシオを失意させる部分で次のようなのがある。

《伸一が、いとこのこどもでふたつばかり年上の女の子を追いかけて悪ふざけをするので妻はとめたが、一向に言うことをきかない。そばに来たとき、お尻を打ったところ、白い目で反抗したから、妻は興奮し、からだをつかまえ、目を血走らせて叩きはじめ、それはこどもを叩くとも思えず殺気立っている。伸一はきちがいになってあばれた。
妻がわれにかえり手を離してもしばらくは、からだをくねらせてあばれながら、腹の底からしぼり出す声で泣いた。それはくやしくてくやしくてたまらぬふうに見えた。それを見ても私はだまっていた。みんな終わりになったと思った。》

この七章では、

《もとは親たちの言いつけを素直にきいたが、もうそうではなくなった。伸一のからだのこなしには、にぎやかなさわがしさみたいなところがあって、はたの者をいら立たせる。からだの肉つきもよく、つらがまえににくにくしさも出てきた。

親たちのおろかな行為を冷たい目つきでうかがい見ている。前にはなかった暗い横目も使うようになった。いちどきに八方に走り出した馬をどうつかまえたらいいのかわからなくなっている自分のすがたがそこにあるばかりだ。》

とどんどん自分の手からあふれでていく家族像が描かれる。

その元をつくっているのは夫婦の異常な関係である。ぼくなどが、夫婦の関係などと言えた資格などあろう筈もないが、それにしても悲惨だ。おもわず、自らの立ち姿までが照射されてしまう。

『死の棘』を読みながら、他人事みたいに接することはできない。ひとつの鏡として置かれている、あるいは自らの家族の関係をのぞきみる形でしか関われないという気がする。

そう思いながら進める以外ないのであるが、ここでは日記との検証というより、島尾伸三が書いた『小高へ――父　島尾敏雄への旅』のなかから、おそらく小説と関わりがあるのではないかと思われる部分を引用して閉じたい。父親が亡くなってからのことである。

《思いがけない方角から高校の同級生の益満君が現れて、私の様子が心配なので見に来たと言いました。どうやら、高校のときから私は精神が不安定で壊れているということになっていたようです。まあ、高校生のころから老人みたいな思考の益満君からするなら、そうなのかもしれません。

小学一年と二年の頃、何度もおとうさんとおかあさんは私を精神病院へ入れようとしたり、登久子さんとの恋愛に夢中になっている三十歳前後にも、彼らは私を精神病院へ連れて行こうと計画していたので、益満君の観察がただしいのでしょうか。

その時は登久子さんが元気な子どもを生んだので、おとうさんとおかあさんの関心が赤ちゃんへ集中したので、私はその危機から救われた、そんなこともありました。》

夫婦の関係は、単に夫婦の関係のみで終止したわけではなく、家族全体を大きく包み込んでいく方向へと向かっていったのであろうか。

第八章「子と共に」の場合

1

七章は、後半で幼い伸一が反抗的になっていくことが書かれたが、八章は子どもらとのこころのかよい合いというか、こころの結び目のむつかしさなどについて書いていると言っていいのではないか。

だが、小説のなかに入っていく前にどうしても触れなければならないのは日記についてである。最近、ぼく自身が、なぜか確実に探偵か刑事の眼になっているのではないかと思われ、冷え冷えとするありさまなのだが、思い切って突っ走る以外ないのではないかと考えたりしている。

「ここまで考えるの？」的な、どうしようもないサガだ。まず、日記を空白にするということは島尾敏雄的にはほとんど考えられないということ。理由は単純である。『日記』は、これまで、何もないときでも、最低日付だけでも書かれていたということ。書けなかった日は、あとで纏め書きをしているということ。何の断り書きもないまま、空白になっているということは、まず考えられないということによっている。

それで「書かれていない」ということは「消されてしまった」に結びついていくのである。島尾も人の子だから、当然書かなかった日はあっただろうにだ。

次の疑問は、小説で島尾は生活費の足しにするため本を売ったり、あるいは原稿書きの営業に出たり、原稿料を前借りしたり、仲間から援助されたりしているが、本当はさほど金には困っていなかったのではないかと思われるふしがあるということである。

というのは、この章にあたる部分の日記で妻が入院するにあたって、二日だけだが、家政婦を頼んでいること、病院でも妻の面倒をみてもらうため付き添いまでつけていること、その付き添いをミホが嫌がって女中に変えてほしいという要望をし、それを受けようとしている。

現在でも相当な金持ちでないとできそうもないようなことを、定職を持たない島尾はしているのである。まず、日記を素直に読めばそう理解されると言っていいのではないか。

また、二月十七日の日記に《前の橋本さんがミホの見舞いに卵を十三持ってきてくれた。(お宅はゼイタクだから何かあげようと思っても……)青木さん洗濯を出せ出せと云ってくれる。》と近所の方々の親切さが書かれている。

あきらかに橋本さんは「お宅はゼイタクだから、見舞いに何を届けたらいいのか検討もつかなかったけど、とりあえず卵を持ってきた」と言いたいのだと思う。

ここでも島尾家がゼイタクな食生活をしているように近所の人々から見られていることがつ

たわってくる。実際、昼間からウィスキーを飲んだり、またスキヤキの食事も目立つし、外食も多いことなどからその裕福さは感じられる。

それはそれとしてなのだが、「本当なんだろうか」と疑問の虫があたまをもたげてくる場面があるのだ。「家政婦」の件である。二日ぐらいの台所仕事ぐらいなら、ミホの親戚で手伝いできない人はいないはずはないし、親切な近所の方々の協力も得られないわけはないと思うのだが、なぜか家政婦に手伝ってもらうのである。

ところが、この「家政婦」は食事をつくり、洗濯をするだけではなく、子どもらをつれて銭湯にいったり(そのあとしばらくして島尾も風呂に行く)、寝泊りまでしていくのである。しかも、ひとりで寝るのではなく、マヤと一緒に。普通、慣れ親しんだ人としか、子どもは寝つけないものなのではなかろうか。まったくの他人が、突然家に来て、炊事洗濯をし、子どもらと風呂に行き、子どもと就寝する、そのイメージがぼくには描きにくいのだ。

まずは、その日の日記をみてみよう。

《朝(八時前?)家政婦紹介所をさがして、千葉街道の方へ。(起き抜けに郵便函に、みすずからゲラがとどいていた、速達で)

パンを買って朝食のために食べていると、年輩の家政婦来る。先ずたまった洗い物。奔流のようにミホの記憶がおしよせてくる。（肌着、衣類を見るにつけ殊に、又何でも）わびしいわびしい想い。誰に支えられてもらえることも出来ず、己れが分裂しそうな危惧と不安。

気が遠くなりそう。頭が浮いている。みんなミホの苦しみへつながる。廊下と四畳半の破れガラスを入れ替えても、胸がしめつけられる。（ミホのいる時長い事それは放っておいた）天気よいが頭はれやらぬ。新聞も読みたくない。昼食二時。肉、いもこんにゃく煮付け。一〜二時横臥。台所の方で仕事をしている物音で少しだけ、なぐさめられ、但しすぐ深い悲しみ。（二月六日）》

探偵の眼を内蔵してここまで読み進めてくると、どうも書かれた文字面をそのまま信用せよと言われてもすなおに首肯できない、と考えてしまう。朝食もとらず、午前八時前に家政婦紹介所に普通行くだろうか、パンで朝食をしているとき、（それほど早く）家政婦は来るものだろうか。

破れガラスを入れ替えたり、昼食は肉、いもこんにゃく煮付けになっているのも、家政婦と気持ちが結ばれている感じがする。炊事する物音を聞くだけで落ち着いた気分になるというのがきわめつけである。あとのミホを偲ぶ表現は、どれもとってつけたようなものに思えるのだ。

妻が入院して約一週間後にとつぜんあらわれた家政婦はあやしい、と思ってしまう。「年輩の家政婦」とか「家政婦のおばさん」などと書かれたりしているが、その人があの「女」でないという保証はないと、つい思ってしまうのだ。

家政婦は二月六日に来るが、二月三日の日記には「青木夫人、女からの脅迫の手紙持ってくる」と書かれている。脅迫の手紙と書かれてはいるが、どんな脅迫なのか、その内容については何も書かれていない。ただ脅迫と書いただけかもしれないし、本当はまったく別の内容の手紙だったかもしれないのである。

確認のため振り返ってみると、一月二十七日、「イツカエルカオシラセコウ」という内容の電報が女からきて、一月三十日の日記が空白、一月三十一日ミホは入院したが、日記は空白。二月一、二日の日記も空白で、二月三日には女から手紙がくる。そして二月六日に家政婦がくるという流れを形成すると別のストーリーが形成されるのだ。これらの流れはひとつの線として結びつかないだろうか。疑問が生じる。

推理の幅を勝手にひろげると、島尾の家庭がどのようなありさまになっているのか女は知らなかったのではなかろうか。もちろん、正月を挟んでの、あの家族を襲った危機的切迫感も。

それで、最近訪ねてこない島尾に対して一月二十七日、女は「何時来られるのか、お知らせください」という電報をうったのではなかろうかということだ。

これは家政婦がその女であった場合ということを前提としての推理であるが、もしそうだとしたら、島尾はしたたかな大芝居をうったということになる。そう思いつつも、もう一方の頭では島尾はそのような大芝居をうてるような表現者ではないということもしきりにする。そうであれば「なぜ？」という疑問が残るだけなのだ。

2

八章は次のような文章で始まる。

《何かを思い出そうとするが思い出せない。暗い無意識の奥に眠っていた考えが出てこようとしているのか。

いつもとちがって脳にしつこくこびりつき、振りはらうつもりで頭を左右に振ってみてもだめだ。あとで悪酔いがやってきそうで気が気でない。意識が外の四隅のほうにどこまでもきりなく引っぱられ、ばらばらになってしまいそうだ。

そんなことは前になかったので、どうやって止めていいかわからないが、不安なのにその底にほんのわずかの安堵があったのは、この調子だと妻の脳のひだのなかにもはいれて、その苦しみを一緒にできると思えたからだ。そのことはいくらか私をらくにし、そのせいかどうか、ひどい親密な感情が湧き、酔いをいっそうあおりたてるふうだ。

過去に経験したことの記憶が次々によみがえり、その「ひどく親密な感情」に出会うと、それぞればらばらの体験が秩序を与えられ、そして意味が出てきたと思えた。なぜだか運命的なはなしのなかに、私を引きずりこもうとする力がある。おおげさな気分がみなぎってきて、そのはなしを見つけ出すために私のこれまでの生涯がついやされ、その意味を知りたいとあせってきたのが、今私の前に顕現しようとしているようなのだ。》

いきなり、この文章が飛び込んでくると読者は戸惑うばかりであろう。しかし、島尾文学に魅せられた読者はそうでもないかも知れない。慣れきっているし、しかも表現の独特さに打たれるのだ。

ぼくなどは「夢の中での日常」のスタイルにつきあわされているようで心地よさささえ覚える。開放されて、どこにでも行けて、自在になっている島尾がいて、どんどんイメージを膨らませてくれる。そんな文体だ。

まさに、親密な感情が湧き出てくる。小説だけでは理解しがたいので、日記から「何があったのか」というのを探ると、その日は二日酔いしていることが分かる。

おそらく島尾は、妻の不在もあって、外で久しぶりの交友をしてきた。それが、もし女とであったなら、この文章の闇と輝きはこのような表現で照らされているのだなともみえ、あるいは「ひどく親密な感情」のゆさぶりの心模様がえがかれているのだなともみえる。

まずは、その日二月三日の日記は次のようなものだ。

《宿酔《ふつかよい》気味。目覚め、伸三の甘ったれ口調、ひとりで先に起きて外で遊んでいる。そのかけ声などきいて心配な所もある。オバサント長イ間オ話シシタ。カテイノジジョウノコトヲハナシタヨ。ソノ方ガイイカラ、ホラ、アノ、ボクタチノカテイノジジョウ。朝食はウジックヮとスマオバと伸三、マヤ。潤子は七時半出勤。食後子供二人はオバに託して外出。》

二日酔い気味で起きて、伸三は遊びにでているのに、朝食はウジックヮとスマオバのところで伸三、マヤも一緒にとる。しかもこの家の潤子さんは七時半には出勤している。これからすると、島尾ら親子はまるで、ウジックヮの家で寝たようにおもえるが、実際はそうではない。八章にはつぎのような場面もある。

《伸一は父親に奉仕するつもりで、がまんしながら私に抱かれているのかもしれない。

「きょうね、ぼく、トッコちゃんのおかあさんと、ながいあいだおはなししたんだ。カテイノジジョウのこと。はなしたよ。いいでしょ。そのほうがいいから。ほら、あの、ボクタチノカテイノジジョウ」

と言って私の顔をまともにみつめ、私はまぶしくて、すぐには返事がしてやれない。きもちをととのえてから、ようやく、

「トッコちゃんのおかあさんにはなしてしまったのは仕方ないけど、もうこれからは、だれにも言うんじゃないぞ。ぼくたちのカテイノジジョウは、おとうさんとおかあさんとぼうやとニャンコの四人だけの大事な秘密だ。いいかい。決してよそのひとにおしえるんじゃないぞ」

といったが声がふるえた。》

ここで、「伸一は父親に奉仕するつもりで、がまんしながら私に抱かれているのかもしれない」と書かれているのは、「眠れないようだな、ぼうや。おとうさんがねむらせてやろう」と言って伸一のふとんにからだを入れ、伸一の両足を股にはさむと「おかあさんとねたときもそうしたよ」と言ったことを受けてのものである。

それが日記では家政婦が来る日付けの日記にあるから、おそらく前日の夜のことだと思うが、日記では《二月六日　寝汗少なかった。（伸二と寝た。おかあさんとねた時もそうしたよ）昨夜一度眼覚めた。気の遠くなるような不安。》と書かれている。

ここで「気の遠くなるような不安」といわれているのは、「オバサント長イ間オ話シシタ」という言葉を受けてのものと思われるが別の考えもあったのかも知れない。

小説では前記のように書かれ「声がふるえた」というかたちで表現された。

八章では伸一について次のように書かれているのが気をひく。「おかあさんとねたときもそうしたよ」と言われ、思わずからだをかたくして伸一の顔をみつめた場面である。

《広くて白いひたいや口もと、赤い唇などのあたり、母親生きうつしだけれど、妻とはまたちがった別のものだ。娘のマヤのほうはどうしたものか母親には似ていない。もし妻がはっきり精神分裂症だと診断されてしまえば、この先母親似の伸一を見るたびにどんな反応が起きるかと気弱なきもちに傾いていく》

しかし診察の結果、妻は心因性によるものと聞かされ安堵する。また、マヤをいびる伸一をつかまえて「仲良くしなさい」と叱りつけるが、伸一は、あおのけにひっくりかえて親を無視しようとする。

《伸一はだまって三白の目を据えているだけだが、顔の皮膚や表情から受ける感じが、妻のそれに似ていて、へんなぐあいだ。鋭角な、とでもいうより言いあらわしようのない、自分のきょうだいの顔を見ても起きることのない感受だ。それは私にとって未知の部分で、さしあたり妻を通し、はなし合って行かなければならないものだ。それを伸一のなかにもはっきり認め、いささかいきりたった。

「おまえ、おとうさんのはなしをそんな恰好できくつもりか。ちゃんと起きてききなさい」

と目をきつくして言うが、その姿勢を変えようとしないから、勢いのおもむくまま、その襟がみをつかんで引き起こしたが、ぐらぐらさせて自分をしっかり支えようとしない。ちょっと発作の目つきになっているので、ひやりとして、

「それはなんのまねだ。伸一、おまえまでそんな真似をして見せるのか。お前がそのつもりなら、おとうさん、本当におこるぞ。やめなさい、やめなさい」

とゆすぶっているうち、私は自分のからだがふるえているのに気づいた。なぜ、ふるえがきたのかわからないが、とにかくじっとしていられぬくらい、がくがくふるえ、止めようとしても止まらないので少しばかり気味が悪い。何かちょっとこんをつめると常軌をは

ずれ、わけのわからぬところに落ちてしまいそうだ。》
何かしら、家族全体が変調をきたしている、そんな感じをしめしている。ここで書かれている「それは私にとって未知の部分で、さしあたり妻を通し、はなし合って行かなければならない」といっているのは、最近、島尾伸三が著した『小高へ――父　島尾敏雄への旅』で書かれている「小学一年と二年の頃、何度もおとうさんとおかあさんは私を精神病院へ入れようとした」ということと関連しているのであろうかということが気になる。

第九章「過ぎ越し」の場合

1

『死の棘』はむつかしいとか、おもたい、暗いといわれる小説だが、かるく、わかりやすく、映像（イメージ）がふくらんでくる小説でもある。

映像が浮かぶ情景といえば九章の書き出しの部分もそうである。

《いつ妻から電話がかかり、笹屋の息子が知らせにくるかわからぬ。折あしく留守にしていて、彼が私の不在を告げたら、妻の妄想がどう広がって行くか目に見えるようだ。それを避けたいから、いつくるかわからぬその電話を私は待っている。小路をせかせか駈けてくる足音。そら笹屋の息子だ。果たして板塀の木戸のあく音がして、「病院から電話がかかっています」と東北なまりの残った彼の声が聞こえる。私は彼にわびごとを言いつつ下駄を突っかけ、かどのその家まで走って行って受話器をつかむ。》

まさに、情景が目に浮かんでくるような書き方だ。これについて日記ではどう書かれているかを見てみたい。三月十六日のことである。

《小山俊一がひょっこり訪ねてきた。丁度笹屋さんから電話呼出。》

日記でこの場面は、これだけである。さらに日記を見て、小説の描写を覗いてみることにしよう。日記のつづきはこうである。

《誰か分かる？　よく考えた末、あなたの気持は分りました。もう会いません。遠い所に行きます。電話をかけるのにお隣りのお嬢さんについて来て貰いました。そうしないと出られないのです。それでこのことを先生に言うとめいわくして部長？（註　婦長の聞き違いかと思える）もマスダさん（註　付添看護婦。後出「増田さん」）も居られなくなるから絶対に言わないでほしい。

夕べ脱走しようと思ったが隣りの人が脱走したからやめました。会う必要なし。毎晩泣きの涙、もう来ても話すことはない。遠い場所でかけています。病院には帰らない。先生に言わなければ病院に帰ります。子供は連れて来るの？　五千円持って来て。ミホ息もつかず続けざまに激しく言いたてる。小山に帰って貰う》

日記にしては、わりとこまかく書いている。それから、島尾は病院に行くことになる。病院でのことは日記では次のように書かれた。

《異様な感じで病院に行く。鎮目先生を探していると、ミホ二階に上がって来て「コラァー」と言う。じっと見つめてくる。「言っちゃだめよ、言っちゃだめよ」。鎮目先生に相談しているとミホ廊下をうろうろしていて、じっとこっちを見ている。鎮目先生に送られて帰る。「ゴシュジンがしっかりして貰わないと。奥さんは絶対に死なない。むしろゴシュジンのほうが死んでしまいますよ」（三月十六日）》

日記でもくわしく書かれているほうだが小説では、より具体的に、より形を整えて、つまり作品に昇華されて描かれる。笹屋の息子から電話の知らせを受け、受話器をとったときの場面だ。


《「あたしだれかわかる？」

と受話器のなかの声は言う。なかば妻だとわかっていても、ちょっとようすがちがうようにも思える。あの女からだとちらと思っただけで全身があつくなり、受話器を持つ腕がふるえた。奥で笹屋の家のひとがきき耳立てているとも思えぬが、あたりに気を配るかまえになった。

「どうしたの、どうして返事しないの」と受話器のなかの声がせきこんできて、「きいているんでしょ、どうなのよ、返事をしなさい」

と言った。やはり妻にまちがいないが、

「きいています、きいています」

と自分もかすれた声になった。

「あたし、ようくようく考えたの。あなたのきもちがはっきりわかったわ。だからもうあなたと会いたくない」

と受話器のなかの妻が言っている。

「ぼくのきもちがはっきりわかったと言ったって、ぼくが何も言ったわけじゃないのに」

とつい口に出た。

「言ってても言わなくても、そのくらいのことはわかります。あなたが今までやってきたことで充分です。あたし夕べひと晩中寝ないで考えたわ。そうしたら、どうしたってあなたを信ずるわけにはいかなくなりました。あなたのきもちがあたしはっきりわかったのです」

「ちょっと待ってください。ミホ、きこえますか。いいかい、こんな電話じゃ、よく分からない。今からそっちに行きます。そして話しあおう。いきなりそんなこと言われても困る。ああそうか、誰かから何か言われたのと違いますか。何かあったんだろ？」

「なにもあるもんですか。だれも言いやしません。あたしはじぶんひとりで決心したんだから」

「とにかく、今すぐ行くからね、どこにも行くんじゃないよ。このまますぐ電車に乗るからね。いいですね」

「もう手おくれよ」

「手おくれじゃない、だいじょうぶです。とにかくすぐ行くから」

「だって、あたしもう病院を抜け出しちゃったのよ。うそだと思うなら今証明してあげます」》

妻が病院から電話しているものだとばかり思っていたトシオに、じっさい病院を抜け出したんだと証明してふたりの電話はさらにつづく。


《「ほんとうは、夕べダッソウしようと思ったの。そうしたらおとなりの部屋のひとがダッソウして先をこされちゃった。いつだってかんたんにぬけ出せるわよ。ひとりだと出にくいから、きょうはおとなりのお嬢さんについてきてもらったの……」

「よくわかりました。とにかくそこからすぐ病院に帰ってほしい」

「病院にはもう帰らないつもりよ、あたし」

「そんなことを言わずに、すぐ帰りなさい。いいね、ぼくはこれからすぐ病院に行くから」

「先生に言いつけないか」

「うん言いつけない」

「ほんとう？」

「ほんとうだ」

「じゃ帰ってもいい」

「きっと帰るんだよ。ぼくすぐ行くから」

「こどもも連れてくる?」

「いそぐから置いて行こう」

「あ、そうだ。ついでに五千円ばかり持ってきてね。あるでしょ、そのくらい」

受話器をもとの場所に置いた私に、疲れと気落ち、不安と安堵が一緒に襲ってきて、しばらくそこでぼんやり立っていた。》

実に軽く、明快で、しかも細かく書かれているものだと思う。しかし、ここでぼくら読み手は『死の棘』は、日記にもとづいて書かれているものの、小説の展開と関わりのないものは極力削られていることを再確認することができる。

この場面では小山俊一が削られている。ある場面では父四郎がそうであった。さらにその日、日記では「太宰治、中野重治、島尾という風に日本文学にかけている」と島尾の文学を高く評価した奥野健男、吉本隆明も削られている。

2

前に引用した日記の続きになるが、ミホからの電話でいそいで病院に行った島尾は、担当医と話し合って一たん家に帰った。ところが前夜、吉本、奥野と約束したこともあって、知り合いの方に留守を頼み外出した時のことも見ておきたい。

《「サンデー毎日」、松本と会い、次の書評のしごと、室生犀星の新著。(アナタノゴシュミニ合ウト思ッテと松本云う)服部居た。奥野、吉本と有楽町で待合わせ。一たん学士会館(奥野「近代文学」の席に出る)吉本と談話室で待ち、あと目黒の武田泰淳を訪(おとな)う。不在。三人奥野宅に行き日本酒のむ。奥野に店仕舞しないように吉本と二人で言う。二人が太宰治、中野重治、島尾という風に日本文学にかけていることを言う。奥野しつように言う。島尾だけだという風に。吉本、島尾サンハ批評等ニ怒ラナクチャイケナイ、怒ッテ下サイ。十二時過ぎ吉本と帰る。(三月十六日)》

島尾は、書評の注文をうけていたため「サンデー毎日」に寄り、本を受け取ったあと、吉本と奥野と待ち合わせしていた有楽町で会う。奥野は「近代文学」の集まりに少しだけ顔をだして、三人で武田泰淳を訪ねる。

泰淳を何故訪ねたのかははっきりしないが、ともかく三人は気の合う仲間であることは分かる。泰淳があいにく不在だったので、そのまま奥野の家に行き、遅くまで酒を飲んだ。

そこで、吉本と奥野は島尾に、しきりに「店じまいはするな」、つまり小説は書き続けよ、日本文学は太宰治と中野重治と島尾敏雄なのだと励まされる。とくに奥野には「今、読めるのは島尾だけだ」とさえ言われる。

吉本は「島尾さんは、批評にもっと怒らなくちゃ」と言う。となると、泰淳を訪問したのも、島尾文学を評価している彼も含めて島尾を励まそうとの意思が働いていたのではないかとも思えてくる。

この日記は三月十六日のものだが、その前日十五日の日記には、またつぎのようにある。

《夕方飯をたき（「サンデー毎日」の松本に電話すると、次の仕事あるという）、ひき肉でごち走つくる。子供たちよく食べる。食後子供たち遊んでいるので明日の留守をたのみに波々壁君の所へ。不在。帰宅すると吉本、奥野来ている。ビール、ウイスキー、子供もしばらく起きている。子供たちねかせて話す。奥野が吉本に「今一番興味のある作家は？武田泰淳？」ときくと吉本、ぼくを指差す。明日、武田泰淳の所に行く事に三人約束す。吉本不承ぶ承。》

この「サンデー毎日」の松本との電話で島尾は「サンデー毎日」に行き、またその日、吉本、奥野と武田泰淳を翌日訪問することを約束したのだった。吉本はさほど気乗りしなかったことが分かる。

奥野が吉本に「今一番興味のある作家は誰だ？　武田泰淳か？」と聞くと、吉本は島尾を指差したのであった。

ぼく自身、ふりかえってみると島尾敏雄の文学に最初、関わるようになったのは吉本隆明や奥野健男の書いたものに接してからであったことを思い出す。これは、小川国夫を読み始めたのが、島尾敏雄の文章を読んでからであったように。

そこで気になる吉本、奥野が言っている店じまいの件だが、島尾の書いた「むかで」がかんばしい評価をされなかったことや、文学仲間である安部公房が一九五一年に、安岡章太郎が一九五三年に、吉行淳之介、庄野潤三、小島信夫が一九五四年にそれぞれ芥川賞をとって脚光を浴びていたのと無関係でないのではなかろうか。もっとも大事なことだが、生活も破綻している。そのとき、おそらく島尾は失念とまではいかなくともそれと似たような心的模様をつくっていたであろうことは想像できる。

しかも、文芸時評では島尾への批判が書かれたりもしていた。奥野に「店仕舞しないように」

と念をおされ、吉本に「島尾サンハ批評等ニ怒ラナクチャイケナイ」と言われたことは、本人にとって相当のなぐさめになったと思う。

家庭的には救いようのないほど望みを失いかけていたのだから。家庭がそうだから、本当は文学だけが生きがいであったはずである。そのように気持ちが分裂していたとき、彼らの島尾に対する評価のインパクトはかなり強いものがあったであろう。

五ヵ月前の十月にも次のようなことがあった。十月十六日のこと。「構想の会」の集まりにミホと同伴して参加したとき、安岡章太郎が「むかで」は悪い作品だと言い、三浦朱門は「シマオトシオという人は心の弱い人ですね」といわれたという。庄野潤三は「島尾は弱っている」と言い、遠藤周作ははっきりした意味はつかめないが「渋谷でキセキ的に腹痛が起こった」と言ったという。

「むかで」が『群像』に掲載されるのは十二月号だから、その日の合評は原稿段階のものだったのではないかと思われるが、確かではない。なぜなら、十月二十七日には新聞の文芸時評で取り上げられているからだ。

ともかく、会合が十時に終わると島尾はみんなと別れてミホと帰宅したが、そばでずっとノートをつけていたミホはけわしい顔をし、家では口論にまで発展した。

その日以後、島尾は虚脱するが、ミホがしきりに「私がついています」と力づけてくれた。

島尾は真剣に「小説を書く根拠を失った」と思い込む。

しかし、伸三の「もう見てしまったから仕方がない、生きていたって仕様がないから、お母さんの言う通りになる、お母さんが死のうと言えば一緒に死ぬよ」と言ったことばを聞いて力が湧いてきたという。

おそらく「構想の会」の集まりから島尾は文学的に虚脱状態になり、店じまいも「方法のひとつ」と考えるようになったのではないか。ところが、吉本に「島尾さん、怒ってください」と言わしめたのは十月二十七日の東京新聞夕刊に載った本田顕彰の文芸時評「むかで」評を読んだからではなかっただろうか。

その十月二十七日は雨であったが、雨が降る中、吉本と奥野は、わざわざ島尾宅を訪ねてきたのだ。そして夜の一時まで飲んだのであった。

本田顕彰は「むかで」評で、島尾は異常、病的な感覚、平凡、無気味、いつわりの情熱、などと言いながら「島尾さんが才能のある作家だからこんなことをいってみたのである」と書いてあると日記には書かれている。

吉本は一時ごろタクシーで帰ったが奥野は泊まっていき、二時半ころまではなしこんだという。

十一月十四日の日記には、ミホが「ゆがんでいるところが皆に認められているのに、ミホが直してふつうのものになってしまうのではないか」と不安を訴えかけたことが書かれている。ミホがどういう意味をこめて言ったのかは不明だが、若杉慧から「むかで」を評した手紙が来て、花田清輝の文芸時評が書かれているところでの発言である。また、ミホはフレムン状態から抜け出していたときであった。

そのとき、ミホが言ったのは「作家はゆがんでいるほうが評価されるのに、その毒をミホが抜き取ってふつうにしたから評価がさがったのではないか」と言ったのではないか。

島尾はミホのことばにも深く心を打たれた。そして「そんなことない」と応えると「なら自信得た」とミホは言っている。嵐だけがあったのではなく、ほのぼのとさせることもあったのである。

しかし、『死の棘』には、これらの交遊録等に関することは、匂わすていどにも書かれていない。完全に夫婦、家族という対幻想の世界に焦点がしぼられている。

急いで書いておくと三月八日の日記には、坂口安吾の絶筆のことが触れられている。「坂口安吾絶筆、世に出るまでの中に突然ぼくの名前出ている事きく。買って読む。如才ない生活をしはじめているからだめになったという事」。

吉本の「島尾さん、怒ってください」という言葉がリフレーンされてくる。

第十章「日を繋けて」の場合

この章は『死の棘』でもっとも大きな嶺を形成している部分である。これまで妄想され、怖れていたその事態が遂に訪れた。

島尾にとっては自ら作品にした「出発は遂に訪れず」のように、つまり見えない戦争のまま、通過してほしかったのであるが、遂に米軍が上陸してきたようなものであったと言ってもいいのではないか。あの「女」が移転した佐倉の家に姿を現したのである。

その事態が日記ではどのように書かれているかということは読み手のぼくらには「戦記」の実体に手がのばせるということで関心の集中するところであった。ところが、それらのことについてはほとんど書かれていない。肩透かしをくらった恰好になるのだ。

その日は四月十七日で、島尾敏雄の誕生日の前日にあたる日なのだが、ただ単に「そこに事件起こる」という八文字だけが記されているだけである。翌日、つまり誕生日にあたる四月十八日には次のように書かれはする。

《事件のあとミホがおこりがとれた状態、あけ方ミホぐっすり眠る。朝ほがらかで掃除などしている所に警察からの呼出し。二人で佐倉警察署に行く。》

などと普段の日記のように続けられるが、これは小説としては十一章に属する部分なのでそこにゆずるしか手はない。ただ、島尾が日常的にも大きな事件といえる出来事を八文字でかたづけてしまうということは考えられないという思いを強く抱くだけに、はてなマークが重なっていくのだ。

島尾にとって日記は小説のための第一級の資料である。夢日記、日常の日記がいくつかの短編に生まれ変わり、『死の棘』、『日の移ろい』、「東欧紀行」などの長編に生まれ変わっていった。それだけ大事な記録であったのだから。

この事件についてはこの章で触れることはむつかしいが、しかしぼくらはここにいたって、ミホ同様に『死の棘』で重要な存在として子ども、とくに伸一の存在があることに気づかされる。『死の棘』でミホだけに目は向かっていきがちだが、島尾は小説を書く段階から、作中の重要な人物として伸一も視野にいれていたと思われるふしがあるのだ。彼以外は脇役でも本名がふされているにもかかわらず、彼だけ仮名《かめい》にしたのもそれだけで、彼を「意識する」何かがあったのだと思われる。

それに伸一のことばが、どれも印象深いのだ。普通、子どもが「カテイノジジョウ」などという「はまった造語」を言うだろうか。何かしら「ことばを生かす力」をぼくは島尾伸三にみるし、それは伸一にそのまま重なっているなと思ってしまうのである。しかし、彼の内部は何かを遮っている。

「伸一は佐倉に移ってからにぎやかなそぶりを見せなくなった。或いは引越し準備のさなかに小岩で起きた小さな事件のときからかもしれぬ」と伸一のことが書かれ、小さな事件が回想される。

《前の年の秋口からこちら半年以上も結局は妻にゆるしを乞うすがたしか私の脳裡には残っていない。負けはじめるとどこまで広がるかわからない。それを伸一はすっかり見ているはずだ。

感情が荒々しくふくれてきて、私は伸一をうつむけて左腕にかかえなおし、その尻を右のてのひらで思いきり叩いた。私は伸一の白くやわらかいからだつきが好きだし、彼もまた私が好きでこの乱暴をゆるすにちがいない。こどもらしい泣き声を出してみるだけで、やがて私の尻を叩く手は自然に止まるのはわかりきっている。

甘い了解は通ったと瞬間思ったのだが、伸一が私に示したのは凶暴なあばれだった。のがれようとはしないで、突きかかってくるふうに容赦のない力を出し、手で突き足で私を蹴った。うろたえた私は目先が暗くなり、引き据えこらしめようと思わず力がはいったあとは、尋常でない彼の目つきに余計たけってきて、みんな気がへんになれと思い、パンパースに手をかけ、引き裂き、下着のシャツもパンツも破って素裸にした。

ふとった白い肉が出、乳のようなにおいににくしみと愛着とまざりあったへんなきもちだ。伸一は目をつりあげ、悲鳴に似た妙な声を出し、からだを引きつらせた。脳に血が集まるかもしれない、あぶない、と思っても、いきおいがついて止まらない。なおも素裸の伸一を叩こうとすると、妻が彼に覆いかぶさるようにかばいだてしたのだ。

「あなたという人は」

と妻が静かな口調で私をしばらく見つめてから言った。

「ほんとうに卑怯なひと」

妻が発作遊びをやめたのか、と唐突な考えが興奮した私の頭をよぎったほどだ。すべてを失ってしまったけれど、もしかしたら妻の発作のおこりが落ちたか、と思ったのだった。けれど、そんなことの起こるわけがない。》

子どもは親の予想を裏切る。これが、成長ということだ。その典型が露出された。子どもはされるがままで、従順で、親に「ごめんなさい」と詫びる存在だと勝手に思い込んでいたが、それはまさに親のひとりよがりの思考回路でのイメージでしかなかった。父親へのむき出しの反抗。子どもが親殺しに走るのは、親の子ども殺しが要因になっている場合が多いことを指摘したのは芹沢俊介である。

子どもは親の言いなりになるものとばかりに思っていたのに、子どもからすると親という大きな力に存在自体が押しつぶされ、こころは引き裂かれてきていたというわけだ。子どもを、もの思う人として認める前に自分の所有する大事な物としての思い込みが優先していた。芹沢俊介は『親殺し』という著書のなかで「親殺しには子殺しが先行している」という項目をたて、そこで「家庭や親子の間に何があって、このような悲劇へと発展するのか。もう少し具体的に問うと、子どもたちによる親殺し事件はどんなふうに起きるのか」と問い、その結論を「親が子どもを殺したから」という隠されていた要因を引っぱり出してきてくれたのであった。伸一はここで精一杯の反抗をこころみている。のちに島尾伸三は次のように書いた。

《母親とか父親とかファザコンとかマザコンとかそういう問題じゃないんです。自分にとっての敵を見定めるんです。それが誰であろうと、自分を潰そうとしている奴なんです。邪魔な存在なんです。彼らはたまたま彼とか彼女が大人という有利な立場で、やわらかい子どもたちをいじめまくっているだけだから。しかもいじめているということに、まったく気づいていない。気づかせてあげる必要がある。》（「魚は泳ぐ」）

このような文章に出会うと大人はたじろぐしかない。人は誤解と信頼を自らの都合に即して判断しているにすぎないとおもってしまう。ふつう、目線を相手の目線までおろさないのである。冬の寒いなか裸にされて父親にぶたれているとき、母がその父に敵意をあらわにして「あなたという人は」「ほんとうに卑怯なひと」と叫んで子どもを抱きかかえると、母に対する子どもの反応は変わってくる。

十章では、このような見落とせない重要な場面もあるのである。それに、もうひとり目立ちはしないが、脇で家族をささえたK子についても少しは触れなければならない。K子、つまり林和子の献身ぶり、人柄を『死の棘』は次のように書いた。

《K子がマヤとひとつふとんに寝ると、伸一をあいだにはさんだこちらがわでは私が妻を手放せない。ふたりだけ別の部屋に寝なかったのは発作のときの救いようのない思いだけでなくおたがいになじまぬ家の気配の寂しさで自然にそうなった。今の私はK子のきもちを考えてやれない。

K子がそばにいるのではしゃいでいた伸一とマヤはすぐ眠ってしまうが、K子がどうなのかはわからない。ひたいが広く目眉がはっきりし、頬骨がつよいところなど妻に似ているが、感情をあらわにせず、ひとに示す親切を自身で恥じているところがあった。

振り返るとK子とゆっくりはなしあったことが思い出せない。郷里の島から出てきたときも、その意向を親身にきくことをしなかった。今どんな勤めをしているのかも確かめていない。

時折り小岩の家にたずねて来て、泊まって行くことがあっても、妻とふたりだけで話していたし、発作に苦しむようになってからも、妻はK子を呼ぼうとはしなかった。K病院の神経科に妻を入院させた不在のあいだ、日曜の昼間などやってきても、台所を片づけ洗濯などしたあとはすぐ自分の下宿に帰って行ったが、それがどこにあるかもきいていなかった。

一度だけ笹屋に呼び出しの電話がかかり、知らせを受け走っていって受話器を取ると、いつものK子とちがうはずんだ声で私の名を呼ぶのがひびいてきた。それは入院中の妻のようすをたずねる電話だったが、彼女が私の名前を口にしたのは、そのときだけではなかったか。

今度も引っ越しの日に手つだいに来たところを、新しい家に連れてこられ、そのまま泊

まることになった。》

彼女は、奄美から東京に来て、勤めをさがし就職するが、結局そこをやめて伸三、マヤと共に奄美に帰っていくことになる。

引越しの手伝いにきたK子は、第三者がいるとミホのムガリが遠ざかっていくということで、そのまま泊まっていくはめになり、また、遂に子どもたちを連れて郷里に戻っていくはめにまでなっていく。

十章は、事件のことばかりが目立つが、このような心優しい第三者たちのことも書き込まれている。

第十一章「引っ越し」の場合

十章のクライマックスは何と言っても女が急に、移転したばかりの佐倉の住宅に訪ねてきて、ミホが凶暴化し、陰湿な色魔にみまがうほどの行為をしていく場面だ。トシオにすれば訪れて欲しくない場面に立ち会わされた恰好となったのである。

ひたすら妻の快癒を願って、生活の建て直しをこころがけていたトシオにとって、妻の命令は絶対的なものであった。そのため、最初はたじろいで逃げの姿勢にあったものの、妻に「トシオ、つかまえなさい。逃がしちゃだめ」、「そいつをぶんなぐれるでしょ。そうしてみせて」と言われるとそうしなければならない立場にあった。

女はこれまで何度も、影のように現われてきた牙《きば》をもつ女ではなく、どこにでもいる、従順で普通の弱い女である。警察が介入するまで「地べたを引きずりまわしてやる」、「殺してやる」などと叫ぶミホ、ひたすら「助けてぇ」、「ひとごろし」、「ひとごろし」などと叫んで逃げの姿勢をとる女、いたしかたなく妻に加担する夫の物騒なたたかいともいえる事件が起きた翌日のことから十一章ははじまる。

《朝は必ずやってきて、いずれ目をさまさなければならない。だから誘いこまれるようにいったん深い眠りに落ちこんだのに、すぐ引きもどされて目がさめた。ほんのまどろみと思えたのに、かなり眠ったようだ。日はすでに高くのぼり、夜の明けきった気配が裏庭の植木にも泉水にも引っかかっていて、小鳥のさえずりでさえ気のせいかもう疲労を示している。なぜとはなくしまったという思いに覆われ、ならんで眠っているはずの妻をうかがった。

今平安はないのだから目ざめごとの重さは覚悟しているにしても、その朝がひとしお打ちひしがれていたのは、夕べの事件の疲れが、未処理のままのしかかってくるからだ。きょうこのごろの生活がふだんの安らぎを失っているにしても、それは言いようなくあと味の悪い尾を引いていた。

おまけに刑事が、いずれは署に出頭してもらうと言っている。それもきもちの引っかかりにはなるけれど、あのときの自分の姿勢を思いだすと頭がくらくらしてくる。それまでかろうじて保ち得た平衡が、断崖を踏みはずしたあとのように、価値の定まらぬ別の世界に墜落して行くようなのだ。》

この心的描写は卓越していると唸ってしまう。みごとな表現である。だから島尾文学の魅力もつたえたいと思いつつい、引用もながくなってしまう。目ざめとともにやってくる不安、断崖だらけの日常だが、女を痛めつけたということで人の道からも足を踏みはずしてしまった羞恥、そして底なしの地に墜落して行くような時間をすごすことになる主人公。そのような心的状況を持ちつつも日記は事務的にたんたんと書かれていく。

《事件のあとミホがおこりがとれた状態、あけ方ミホぐっすり眠る。朝ほがらかで掃除などしている所に警察からの呼出し。二人で佐倉警察署に行く。女が金を二千円要求しているとの事で警察署に再び行く（四月十八日）》

それらのことが小説では次のように書かれる。

《彼女は身をもって女をねじ伏せた。そこのところに私は期待をかけ、その衝撃が妻のこころをゆさぶり、どこかが変容してもとにもどってくれることを願望していなかったとは言えない。本当にどれだけそうなってほしいと思ったろう。でも願望とは裏はらにそんなことは到底有りうることではないと覚悟していた。

いずれにしろあの衝撃がほんのわずかでも妻の病巣を突きくずすことに役立ったと思いたかった。そうでなければ恐ろしさがふくれあがってきて、とても持ちこたえられそうでない。見えない恐怖の対象を目の前にまざまざと見ただけでなく、自分の手で取っつかまえて打ち据えたことが、何の効果もないなどということがどうして信じられよう。

「なんだかこわい」

とたよりなげにひとりごちるので、

「何がこわいものか。見ないうちこそこわくてたまらないけれど、見てしまえばどうということはないものさ。殊にあんなにあいつをやっつけたじゃないか。そうだろ。あんなにこわかったあいつが、あんなにちっぽけで弱々しくって、一ひねりにされてしまったじゃないか。まるでおとなとこどもみたいだったぞ」

やっつけことばをわざと使いながら、すぐ危険な場所に引き寄せられそうになるあぶなさも覚える。ちっぽけなどと女のからだつきを言うことは鬼門であった。ふたりをくらべることは、すぐそのことに通じてしまう。さいわいなことに妻は発作を誘わなかった。彼女自身きもちが浮きあがっているにちがいなかった。目をさましたところあたり一面が青海原になっていたほどの変わりようを体験したあとでは、前の日までの自分と何かがちがってしまったおそれを感じているにちがいない。自分を落ち着かせようとつとめるようすが、以前の、夫に忠実な気配りばかりが先に立ったときのおろおろしたすがたに似てきている。

「あたしなんだかおこりが落ちたみたい。きょうからもとのようにどんどんはたらく」

などと明るい顔つきを示しほうきを持ちだして部屋の掃除をしはじめても、どことなくたよりなげなかげがにじんでいる。

私にしても気はすっかり浮いているが、妻の調子に合わせて、ことさらに屈託ないよう

すをあらわし、手つだって掃除にかかると、外の格子門のところでしきりに私たちの苗字を呼ぶ男の声がきこえた。》

その声は、近所の味噌屋の初老の男で、警察から出頭するようにとの電話があったことを伝えにきたのであった。不安そうな妻に「だいじょうぶ、だいじょうぶ。警察だって一応呼び出しをかけておかないことには恰好がつかんだろう」などと言ってふたりで警察署に行く。

刑事は妻に、戸口に近いところにある長椅子で待っておくように指示して、トシオだけ小部屋に招じ入れ「あの可哀相なひとに一度会ってやってほしい。あんたも罪つくりなひとだ。今更そんなことを言ってもはじまらないだろうから、ともかく一度会ってやんなさい。とてもあいたがっている」と言う。

ものわかりのいい刑事というか、そのたぐいの経験のある人なのか、あるいはこの種の事件に数多く関わったのか、女と男の情の行きかいに熟知している感じの対応である。仕事として事務的に流そうとする公務の枠はめをはるかにこえている。

あるいはこれは島尾が造形したものかもしれない。女は「Sさんがこうしたのよ。よく見てちょうだい。あなたはふたりの女を見殺しにするつもりなのね」とぎりぎりの言葉を投げつけていた。

おそらく島尾は第一章「離脱」で自分を「屠殺場の番人になったか」とおびえたが、ふたりの女があらそっている場面でもそれと似た表現を用いて、もっとおびえてもよかった。そのときの女の発言は、また刑事の「あんたも罪つくりなひとだ」といった発言と符号しているようにもおもえる。しかし、当時の島尾の意識の中には妻以外の「他者」は存在しなかった。妻のムガリと、こっちの逆作用が怖くて第三者を必要とはしたが、それはあくまでも二角関係を保つための便宜的なためであった。

刑事が「一度だけでいいと言っている。何か伝えたいことがあるらしいよ」と言って女と会って話すことをすすめるが、トシオは頑なに拒否する。おそらく島尾には女が何か伝えたいと言っているのは実は「はっきり聞きたいことがある」と言ったのであり、聞きたいこととは「わたしのこと嫌いになったの?」、「あれはあんたの本心だったの?」ということであるのに違いないと思ったのではないか。

おそらく、妻が怖いというより、これ以上生活が壊されるのが怖いという考えでいっぱいだったのではないか。どんな小さなことでも妻の疑問を誘う行為は極力避けたいと懸命な努力をしてきた。

これが、またしても女の登場でくずされてしまった。おそらくどうあがいてみても妻の精神状態は快癒しないままだ。『離島の幸福・離島の不幸』というタイトルの本が島尾にはあるが、このことは「島尾の幸福・島尾の不幸」をあらわしているとしか思えない。

島尾の幸福とは何か？ と言われれば離島の幸福とは何かを問い詰めたとき出てくる状態、つまり共同体意識が認識されたときだということになるし、不幸とはそれが壊れたときということになる。島尾はそのジレンマに悩まされていた。

第十二章「入院まで」の場合

1

十二章の「入院まで」は、伸一が反抗的になってきた、というところから始まる。些細なことで、つまり期待していた遠足があいにくの雨で取りやめになり、ふだんどおりの登校になったため伸一はふんぎりがつかず不恰好な雨衣を着ては学校に行かないとぐずりだした。

トシオは自分にも少年時代似たような経験があるから分からないでもなかったが、雨衣はどうしても「妻が着ていかせるつもりになっていたから」また、ここで折れたら教育にもよくないと思い、前にもそうしたように「伸一を横抱きにし、その尻を平手で叩いた」のであった。

すると敵愾心をあらわにした伸一は、ランドセルを放り投げ「もう学校なんか行くもんか」

と言いだした。「行きたくないなら行くな」と父も同様に応じ意地のはりあいになった。そこに、親がわりになって子どもの面倒をみていたK子がなかにはいったため、やっと伸一はK子に連れられて学校に行く。

どうにか事態はおさまったものの、次は妻が泣き出して伸一が可哀相だと言いだした。「あなたのそばに置くとおそろしいことになりそうだから伸一とふたりでどこか別のところに行ってくらします」とか「マヤのめんどうはあなたが見てください」と言う始末だ。

ちょうど学校からもどってきたK子までもがふたりの言い争いの中に割って入って「あたしのやり方が悪かったからです」と言って泣き出す。トシオはあわてて全然そんなことはないといくらなだめても納得してくれない。そばから妻が「あなた、みんなに恥じなさい」とにらみつけられて言われる。事態はなぜか、収束する方向に行くのではなく、より拡大していく方向に向かって行く。

伸一が高熱をだし、医者が往診して三度も失敗しながらやっと伸一の腕に注射をして帰った後、些細なことでまたもトシオとミホが言い合いをした。そのとき伸一が急に「やめろ、やめろ」とわめきだした。

それが思わず息をのむほど、いつもにない乱暴な調子であった。「やめろ、やめろ。ぼうや頭が狂っちゃった」と言ったその目はあらぬ方を睨み、錯乱もしかねぬ気迫をみなぎらせていた。

そのとき島尾は「何を私は愚かなことをくりかえしているのか。今妻の治療に生活のすべてを賭けているのに、なぜほんの少しのところでもっと踏ん張れないのだろう」とおもう。伸一の様子を見て「妻も何かを感じたらしく、黙ってふとんを敷き、そのなかにはいって眠ってしまった。軽い寝息をたてて眠りに就く妻を見ると、私はひたひたと悲しみに包まれてくる。そして私はその夜も眠れない」とつづく。

翌日も、なにかの拍子でふたりがもつれかかると、伸一がそれを敏感に感じ取って「うるさい、うるさい、ばかやろう」と叫んだ。

島尾はすでに子どもたちに対して「親たちに求めて得られない不満がゆがみを与えているにちがいないがどうしようもない」とか「今の生活はこどもにはもう耐えられぬ状態になっているのかもしれない」と感じてはいるのである。おそらくミホもそうだとは思う。だが、どうしても親が優先してしまうのだ。「子どもより親が大事」(「桜桃」)という太宰治の世界である。K子の妹U子がひとまず伸一とマヤを奄美に連れて行こうとわざわざ上京してきたが、あいにく伸一が熱を出し、さらにマヤまで熱を出して、結局意図を達成しないまま彼女はひとり奄美に戻らざるを得なくなった。

U子もいて、マヤがまだ熱を出さない前日、家の中の状況を島尾は次のように書いた。

《狭い部屋にからだを寄せ合って眠っている妻やそのいとこたちの寝顔を見ていると、つらくはかない感情に胸がつまってくる。自分のこころのほんのわずかな病み疲れが、まわりのものすべてをグロテスクな容貌にしてしまう。それ自体はなんの変化も起こしてはいなくても、私には青冷め、影がうすくなって見える。

しかしそうさせているものはほかならぬ妻のこころの頑なな故障箇所だが、考えてみれば、彼女がいつまでも縛られていなければならぬ状況などもうどこにも無くなっているのだ。それなのになおそこに妻が引っかかって通り過ぎようとしないのはどんな理由からだろう。

苦しむためだけにわざとそうしているとしか思えないふしぎなこころのはたらきに、私は絶望するほかに方法もない。いったい何をそんなに！　と妻の寝顔をまじまじと見つめるが、思いつめると思いかえしのきかぬいちずな気質の、無邪気で清らかな、幼い表情が認められるだけだ。

すると目ざめている時の発作は幻覚ではないかと思えてきて、それに私がなぜ耐えられないのかわからない。耐える、ということではなく、私は胸を広げて妻の発作を呑みこんでしまうべきではないか。

それができずに、輪をかけた発作を湧きたたせてますます妻のそれをねじれさせる自分の胸うちの狭さはなんともなさけなかった。夕方に医師が置いて行った伸一に飲ませる薬の二回目の投与の、午前の一時を待ちながら、あらぬことをあれこれと考えながら、私はふと、或いは今自分はむしろ幸福と言えるのかもしれない、などとあやしい気分になったのがふしぎであった。》

この状態を「幸福」と感じる感覚は何だろう。行き場をなくした家族が、妻のいとこの狭い部屋におしかけてきて、しかも職はなく、いさかいもたえない状況にあるのだ。どのようなときにくらべて「今自分はむしろ幸福」なのであろうか。

そうは言っても島尾は「今自分はむしろ幸福と言えるかもしれない」と断定しているわけではない。「などとあやしいきぶんになった」のであった。さらにまた言うと、「あやしいきぶんになった」と断定しているのでもない。そのようなあやしい気分になったのが「ふしぎであった」と言っているのだ。

これは何を意味するのだろう。おそらく自虐性の肯定と否定を言い表わしているのではないかとぼくには思える。島尾自身が極限までおいつめられて、自虐性を肯定しなければ生きえない感覚を覚え、しかし本来は自分は正常なのだと言っているように思えるのだ。

あるいは、女とも手を切り妻が自分を疑って狂う環境はすでに克服されているのに、一向に妻の行為が変わらないことに、島尾はもっと考えを集中させてもよかった。必ずや、そこに見えてくるものがあったはずである。作品はしかし、その方向には行かない。

ただ「考えてみれば、彼女がいつまでも縛られていなければならぬ状況などもうどこにも無くなっているのだ。それなのになおそこに妻が引っかかって通り過ぎようとしないのはどんな理由からだろう」と疑問をなげかけるだけである。

伸一が「やめろ、やめろ」「うるさい、うるさい、ばかやろう」と叫んだのも極限まで行ってしまったぎりぎりの訴えであったことを島尾は感じ取っていた。人は感じ取ることはできるが、自分が極限まで来ると相手の極限はみえなくなるのであろうか。

島尾の文章の流れにはそのことを示しているようでもある。こんな場面がある。U子が島に帰るというので子どもらは家に残してK子と妻の四人で東京駅までいった。急にK子が鹿児島まで見送りに行くことになり、せめて第三者の存在が家族の中では必要だが、予想外のことになったのだ。結果としてK子とU子を見送ってそのままふたりは家にもどった。


《帰宅してからおそい昼食をパンですませ、することのないままに家族四人で昼寝をしたが、だれも邪魔がはいらぬと見た妻の発作が、ゆっくりと牙を研いで獲物の私にとびかかろうとしているように思え、不安で仕方がない。果たして先に起きた私が「近代文学」に目を通していると、妻もいつのまにか目をさましていて、あたしにもみせてほしい、と言うのだ。私は先まわって身構えてしまう。

「連鎖反応を起こすから見ないほうがいい」

「あたしが見たら悪いことが書いてあるの？」

「いや、そういうわけじゃないが、ちょっとでも関係のあることを見つけるとおさえることができないだろ。わざわざ刺戟になることをしなくてもいいじゃないか」

「あなたが食い入るように見ているから、あたしもちょっと見てみたいの」

「食い入ってなんか見ていやしない」

「じゃ、ちょっとだけ見せてもいいでしょ」

「見なければ見なくてすむものを、どうしてそう依怙地に見たがるんだろう」

と私のほうが依怙地になってその雑誌を見せまいとしたのだ。》

ここで見えてくるのは、ミホの成長しきれない、愛する人へのひたすらな甘えである。妻の行為をそう理解すると、夫は妻がみたがっている『近代文学』に載った小説を見せればいいじゃないか、とつい思ってしまう。まるで妻との意識の乖離を求めているようではないかとさえ思えてくる。

おそらく『近代文学』に載った小説は「肝の小さいままに」であろう。ここでひとつ分かるのは、島尾の小説のすべてをミホが清書していたわけではないということである。おそらく『死の棘』以前は、清書は愛人がしていたと思われる。

ミホはそれが許せなかった。おそらく「肝の小さいままに」もそうであろうと思われる。そのことのひとつひとつが地雷なのである。できるだけミホから遠ざけておきたかったはずである。だが、島尾はなぜか『近代文学』のその小説を読んでしまう。

「わざわざ刺戟になることをしなくてもいいじゃないか」とトシオは妻に言うが、その言葉をそのまま島尾に返したくもなるのだ。

2

まず、ここでは昭和三十年五月十二日の日記からみてみる。

《伸三の遠足、雨のため不明。学校に行って見(ママ)ると中止。伸三雨衣がおかしいとぐずり学校に行かぬ。横抱きにして尻を叩き、棒で叩く。和ちゃんに伴われ学校に出したあと、ミホ泣き出し、伸三が可哀想、ぼくのそばにおけない、伸三とどこかに行くと言い

出す。和ちゃんも自分のやり方が悪かったからですと泣く。みんなにはじなさいとミホぼくに言う。》

小説にこの場面を描写した島尾は「このさき伸一は決して私をゆるさぬかもわからぬ」とも書かなければならなかった。子どもに対して感情が先走って二度もひどい仕打ちをしたのである。子どもが憎いということではなく、親に対する態度を戒めるという「親子の関係」から発生した感情の齟齬があったからであった。

『死の棘』を読みながらぼくたちは、絶えず愛とは何だろう、夫婦とは何だろう、家族とは何だろうという当たり前のようにころがっている事柄に思いをいたさなければならなかった。そして『死の棘』はそのことを読み手に迫っていく作品ということで、日本文学の頂点に立っていた。

特別に悪人がいるわけでもないのに、お互いの歯車があわなくなって、あるいは感情が走ってしまって壊れたりしてしまう。よく言われている「意思の疎通」にコントロールがきかなくなるということは人の生活の中にはいくらでもあることだ。

『死の棘』はいわば壊れた生活の環境から抜け出そうとしながら、抜け出せない世界を描いていると言えそうである。日常というのは些細な出来事の繰り返しである。その繰り返しを心理描写を含めたゆたかな表現力でぐいぐいと盛り上げていくところに小説としての特性がある。

五月二十日の日記。

《夜中伸三ムズカリ、何遍か起きる。お昼頃ミホと伸三の寝巻地を買いに行き、昼から夕方にかけてミホ手縫いで二枚縫ってしまう。なんでも丁寧で手早いミホ。ぼくは疲れてうとうと眠ったり、夕方医者に来て貰う。伸三の肺炎、ロジノン注射三度も針入れ失敗。夜ミホ眠い眠いとユドレキリ（註　ぐったりという意の奄美の言葉）。少しもつれて来て言い合いをはじめると、伸三、ヤメロヤメロ、ボウヤ頭ガ狂ッチャッタと叫び出す。ミホは眠ってしまうが、ぼくは暁方まで殆んどねむれない。不安不安。》

島尾がここで不安不安と感じているのは、伸三についてであると思われる。『死の棘』が日本文学を代表する文学作品であることに間違いはないが、その文学作品が誕生するためには多大な犠牲を生活に強いらなければならなかった。となると、ぼくたちは一瞬立ち止まらずをえなくなる。どう反応すればいいのか分からなくなると言ってもいい。現実世界の犠牲の大きさに戸惑ってしまうのだ。

一方、程度の差こそあれ、生あるものはすべからくそのような出来事を体現しているものだと言ってひらきなおることはできる。しかし、すぐさま「それでいいのか」という問いが矢のように飛んでくるのだ。

ぼくらはまた、北村太郎の『センチメンタルジャニー　ある詩人の生涯』という本を持っていると言うこともできる。

ここで北村太郎は、荒地派の代表的詩人田村隆一の妻と深い関係を結ぶようになり、奇妙な三角関係を生きてしまったことを書いた。この部分のさわりを少しばかり引用してみる。ここで「僕」とあるのは北村太郎で、イニシャルで「A子」とあるのは、田村隆一の妻明子、「元亭主」とあるのは田村隆一である。詳しいことはねじめ正一の『荒地の恋』でもセンセーショナルに描写された。

《鎌倉で僕は朝と昼くらいは自分で作って食べていたけれど、へんな話ですが旧知の仲のよしみで、A子さんの元亭主が「それならうちに来て食えや」っていう。その人は酒が好きで、ぼくはほんの少ししか飲めないので、世間一般の話をしている。けれど、なんかの拍子でちょっと意見がくい違うと興奮してしまう。一番かわいそうだったのは、口論なんかすると、A子さんがオロオロしちゃう。自分の戸籍上の亭主と恋人といっしょに飯食っていて二人が喧嘩するというんだから、身のおきどころもない。そんなこともあってA子

さんがちょっと精神に異常をきたしたんです。それで僕は精神病院に連れて行った。》

ここでは女が、戸籍上の亭主で現在は亭主ではない田村隆一と、愛人になった北村太郎との板ばさみに合って精神に異常をきたす断面が書かれている。それだけではない。明子が自殺すると言って実行しようとするあたりはまさに『死の棘』そのものの世界であり、地獄である。ところが読者がいくらか救われるのは芸能界の世界同様にこれが文学上の世界であること、そこに幼い子どもが介在していないということだ。

いや、日常的に言えば北村は妻子を捨てて愛人のところに行ったのであったが、子どもはすでに成人していた。すくなくとも北村は好きなように行動した。島尾とは選び方の道が大きく違っていたのであった。

ただ『死の棘』がいたたまらないのは男と女の問題をこえて子どもを巻き込んでおとなの都合を絶対視したところにもあった。『死の棘』が群をぬいているのは夫婦の問題を越えて色濃く子どもの精神にまで描写の目を向けたところにあると思った。

芹沢俊介が『親殺し』というとてつもなく大きなテーマに分け入り、しかもそのテーマを分かりやすく論評した文章に出会ってぼくはショックを受けた。

書かれているのは当然過ぎることなのである。「親殺しには子殺しが先行している」。ところがその当然すぎることになぜ今まで思いいたらなかったのかということがショックだったのである。

このように気づかないことがらが、生きているこの世の中にはいっぱいあるよ、という警鐘でもあったわけだ。仏典「涅槃経」に記載されているという阿闍世の親殺しについてもその紹介のされかたに圧倒された。琴線に届くような解説をしているのだ。ぜひ、多くの人にこの『親殺し』も読んでもらいたい。

その中で親鸞が「業縁《ごうえん》」といったというその箇所にも目が留まった。業とは過去（前世）から背負った報い、縁とは現在進行している関係性。その業と縁がかさなって現在のこの人がそこにいるという指摘は納得しやすい。言われていることが胸のうちにストンと落ちてくるといえばいいか。

ぼくらは『死の棘』を夫と妻の「日常の中の戦争」という視点のみから見てきたのであったが、最近の芹沢俊介の著作に出合って、この小説は子どもを巻き込んだ「日常の中の内戦」を書いた小説であったという思いにいたったのであった。

あとがき

島尾敏雄に関心をもちだしたのは学生のころからだから、だいぶ時間がたっていることになる。そのときぼくは、何かしら島尾文学のなかに同人雑誌的で素人風なにおいを感じとっていたような気がする。

作者が「受けのいい小説」や「売れる小説」、「話題性のある小説」を書く方向に向かうのではなく、ひたすら自らの世界に沈降していく「孤独」にこそ向かっているようにおもえたからだ。あるいはその根は流離、もしくは浮遊、旅そのものに徹しているように見えた。定着を拒否する歩行の文学をイメージさせ、それがまた一種の魅力になっていたのである。

島尾敏雄が一定の場所に居をさだめず、そのときどきの必然性にうながされて移動を繰り返しているという実生活の場面をずっと見ていたからかも知れない。そして何よりもその緻密な描写、断定することを極力避けて、ファジーでありながら構造的であり、しかも的確に対象を表現していく力の文体にも打たれた。柔道でいえば、さしずめ「ワザ有り」ということにでもなろう。それでいて、果てしなく彼は漂流していた。きわめつけは彼が沖縄に思いのほか関心をよせていたことである。

島尾敏雄の文学にぼくの目を開かせてくれたのは吉本隆明であった。それだけではない。「小説を読む」ではなく、「小説を読み解く」ということを教えてくれたのもまた吉本隆明である。

作品は作家の手から離れるとどのように読まれてもいい、すでに読み手の判断のなかに託されているのだからということを彼は言っていた。

　そして『死の棘』はそのような形でぼくに迫ってきた。小説の軸のひとつと言っていい、脅迫の電報や紙片を送り続ける「愛人」をどう読み解くかがぼくには大きなテーマとなった。はたして書かれているように脅迫者は愛人であるのかどうなのか、というのが『死の棘』を読み解く大きなテーマになったのである。小説では、つまりふたりの作者はどうやらそれを愛人であるとしたいような一面をむきだしにしていた。作品ではそのように定着させておとしどころをつくっていたのである。もうひとつは、妻のやまいは夫の浮気を克明に書いた日記を見たことによるものであるということを定着させようとした。

　おおかたの読者、批評家は書かれているとおりに読み、書かれているとおりに理解していったのである。ぼくにはどうしてもそうは思えなかったし、ひっかかりを感じた。つまり、ぼくにはそうは読めなかったのである。島尾敏雄と妻のミホはここで大芝居をうっていると思ったほどだ。主人公を脅迫しているのは、つまり脅迫文の作者は愛人ではない、愛人であろうはずがない、この小説は小説として大成功しているのはそこを中核にしているからだとおもい、内心『死の棘』に喝采をおくった。

　なぜなら悪気《わるぎ》からではなく読者や批評家をさいごまで騙《だま》し手玉にとってしまったのだから。のちに、島尾には相手の反応を確かめるために日記やメモを活用することがあったということを、裏付ける日記が出てきたのであった。島尾は当初から小説のデーモンを包容しようとしていたのである。

　これとは別に、ふたりには「長田ミホ」は存在せず、あくまでも「大平ミホ」であり、長田姓を文章世界から消したいという考えがあり、それも貫き通されたのであった。このような「つくられたもの」がふたりの周辺にはたちこめている。しかも「情況の必然性」をもって。今後『死の棘』がどのように読まれていくのか、暗いにもかかわらずほのかにドタバタもあり、笑いを誘う意味深い小説の今後の読まれ方が楽しみといったところだ。古典文学になりうる十分な要素を持っている。

　今回、この本を出すに際して写真を提供していただいた島尾伸三さん、校正を手伝ってくれた田場由美雄さん、出版を引き受けてくれたボーダーインクの宮城正勝さん、編集担当者の新城和博さんに感謝を申し上げたい。

二〇一二年六月三日

比嘉加津夫　略歴

1944年久志村字久志に生る。沖縄大学文学部中退。詩集『記憶の淵』、『流され王』、『春は風に乗って』など。著書に比嘉加津夫文庫①〜⑳など多数。「脈発行所」主宰。同人誌『脈』75号、書評誌『Myaku』12号まで出している。

島尾敏雄を読む
『死の棘』と『死の棘日記』を検証する

2012年7月23日
初版第1刷発行

著者　比嘉加津夫
発行者　宮城正勝
発行所　㈲ボーダーインク
沖縄県那覇市与儀226-3
http://www.borderink.com
tel 098-835-2777
fax 098-835-2840
印刷所　でいご印刷

ISBN978-4-89982--226-4　C0095